Mahkumun Sessizliği

Translated to Turkish from the English version of
The Prisoner's Silence

Varghese V Devasia

Ukiyoto Publishing

Tüm küresel yayın hakları
Ukiyoto Publishing
2023 yılında yayınlandı

İçerik Telif Hakkı © Varghese V Devasia
ISBN 9789358469349

Tüm hakları saklıdır.
Bu yayının hiçbir bölümü, yayıncının önceden izni alınmaksızın elektronik, mekanik, fotokopi, kayıt veya başka herhangi bir yolla çoğaltılamaz, iletilemez veya bir erişim sisteminde saklanamaz.

Yazarın manevi hakları ileri sürülmüştür.
Bu bir kurgu eseridir. İsimler, karakterler, işletmeler, yerler, olaylar, yöreler ve olaylar ya yazarın hayal gücünün ürünüdür ya da hayali bir şekilde kullanılmıştır. Yaşayan veya ölmüş gerçek kişilerle veya gerçek olaylarla olan benzerlikler tamamen tesadüfidir.

Bu kitap, yayıncının önceden izni olmaksızın, yayınlandığı cilt veya kapak dışında herhangi bir şekilde ödünç verilmemesi, yeniden satılmaması, kiralanmaması veya başka bir şekilde dağıtılmaması koşuluyla satılmaktadır.

www.ukiyoto.com

Yazar Hakkinda

Varghese V Devasia, Tata Sosyal Bilimler Enstitüsü'nde eski bir Profesör ve Dekan ve Tata Sosyal Bilimler Enstitüsü Tuljapur Kampüsü Başkanıdır. Nagpur Üniversitesi, MSS Sosyal Hizmet Enstitüsü'nde Profesör ve Müdür olarak görev yapmıştır.

Mumbai'deki Tata Sosyal Bilimler Enstitüsü'nde Kriminoloji ve Islah İdaresi alanında uzmanlaşarak yüksek lisansını Kannur Merkezi Cezaevi'ne bağlı bir ıslahevinde yapmıştır. LLB için ceza hukuku üzerine yoğunlaştı; yüksek lisans tezi ise cinayet suçları üzerineydi. Doktorası için Nagpur Üniversitesi'nde Nagpur Merkez Hapishanesi'ndeki 220 hükümlü katil üzerinde çalışmıştır. Bengaluru'daki Hindistan Üniversitesi Ulusal Okulu'ndan İnsan Hakları Hukuku Diploması ve Harvard Üniversitesi'nden Adalet Alanında Başarı Sertifikası almıştır.

Hindistan İçişleri Bakanlığı, Indian Journal of Criminology and Criminalistics dergisinde *Erkek Cezaevi Mahkumlarının Cinayet Suçunda Cinsel Davranışları, Cinayet Suçunda Mağdur-Fail İlişkisi ve Etkileşimi ve Cinayet Suçunun Fenomeni* gibi ufuk açıcı araştırmalarından bazılarını yayınlamıştır. Indian Journal of Social Work dergisinde yayınlanan *"Victim Offender Relationship in Female Homicide by Male"* başlıklı makalesi çok sayıda atıf almış bir araştırma makalesidir. Kriminoloji, Islah Yönetimi,

Mağduriyet Bilimi ve İnsan Hakları alanlarında on kadar akademik referans kitabı yayımlamıştır.

Londra'da Olympia Publishers tarafından yayımlanan *A Woman with Large Eyes* adlı bir kısa öykü antolojisi bulunmaktadır. Book Solutions Indulekha Media Network, Kottayam tarafından yayınlanan ilk romanı *Women of God's Own Country* ile Ukiyoto Yayıncılık tarafından verilen Kurgu dalında Yılın Yazarı Ödülü'nün sahibidir. Ukiyoto Yayıncılık, *The Celibate* ve *Amaya The Buddha* adlı romanlarını yayımlamıştır. Mulberry Publishers, Calicut tarafından yayınlanan *Daivathinte Manasum Kurishuthakarthavate Koodavum* adlı Malayalam romanının yazarıdır. Kozhikode, Kerala'da yaşamaktadır.

Email: *vvdevasia@gmail.com*

Teşekkürler

Bu romanı yazma ilhamım, Nagpur Merkez Hapishanesi'ndeki iki yüz yirmi müebbet hükümlüyü araştırdığımda filizlendi. Bazılarının suçlandıkları suçu işlemediklerini, bu nedenle ailelerinden ayrıldıklarını ve hapsedilmelerinin onları tarifsiz acılara maruz bıraktığını acı bir şekilde fark ettim. Cezaevi yetkilileri, darağacında asılan birkaç mahkumun masum olduğunu ve başkasının suçu için öldüğünü biliyordu; bu nedenle, aldatma nedeniyle yaşama haklarını kaybettiler. Onlar, başta Adivasiler, Dalitler ve azınlıklar olmak üzere toplumun sessiz ve unutulmuş bireyleriydi. Dolayısıyla, Hindistan'daki ceza adaleti sistemi büyük ölçüde bir aldatmaca olarak kaldı. Kannur Merkez Cezaevi'nde tanıştığım iki mahkum, beni Hindistan Ceza Kanunu, Ceza Muhakemeleri Usulü Kanunu ve Delil Yasası hakkında öğrendiklerimi yeniden yazmaya zorladı.

Maharashtra'daki neredeyse tüm cezaevlerini, Kerala'daki bazı cezaevlerini, Delhi'deki Tihar'ı ve Tamil Nadu ile Andhra Pradesh'teki birkaç cezaevini ziyaret ettim. Bu cezaevlerindeki müebbet hükümlülerle görüşebilmem için gerekli düzenlemeleri yapan cezaevi görevlilerine minnettarım.

İnce bir estetik ve adalet duygusuna sahip olan Jills Varghese el yazmasını okudu; bilimsel ve felsefi yorumları için minnettarım. Jose Luke'a değerli değerlendirmeleri için teşekkür borçluyum. White Falcon Publishing'den Shrimayee Thakur kitabın redaksiyonunda harika bir iş çıkardı; kendisine müteşekkirim.

İçin

İsimsiz, sessiz ve arkadaşsız mahkûmlar, başkalarının suçları için idam sehpasında sallandırıldı.

İnsanın varoluşu üzerine bir meditasyon olan *Mahkûmun Sessizliği*, darağacına götüren başlıca boyun eğdirme kaynakları olan hukuk, siyaset, din ve Tanrı'nın korkutucu yüzüne dikkat çekiyor. İnsani ya da ilahi güç, şiddet ve boyun eğmeden doğar, dalkavuklukla gelişir ve kullukla kutsallık kazanır. Derin felsefi, keskin psikolojik, baştan çıkarıcı insani ve evrensel sosyolojik roman, insanlığın esaretinin, çatışmalarının, yabancılaşmasının ve beklentilerinin bir özeti.

Jose Luke, Kolkata.

Mahkûmun Sessizliği, ölüme mahkûm edilmiş, ancak her ikisi de Tanrı'yla yüzleşmiş iki mahkûm hakkında varoluşsal, öznelerarası bir romandır.

Thoma Kunj masumdu, insan olmanın ontolojik bir çelişkisiydi. Temel haklardan mahrum bırakıldığında, bu hakların güçlü, zengin ve nüfuzlu kişiler için olduğunu fark etti. Kanundan korkuyordu ve cahildi; mahkemede, hapishanede ve idam sehpasında yalnız olduğu için derin bir sessizlik içindeydi.

Razak da yalnızdı. On üç yaşındayken Kerala'dan kaçtı ve Suudi Arabistan'daki bir vahada hurma ağacı yetiştiren Muhammed Akeem tarafından Akeem'in haremi̇nde hizmet etmesi için hadım edildi. Razak on dokuz yıl süren dehşetten sonra kaçtı ve doğduğu köye döndü. En büyük hayal kırıklığı, zenana'da ilk tanıştığında on bir yaşında olan Pakistanlı kız Amira'yı kurtaramamış olmasıydı. Birbirlerini seviyorlardı ve kaçıp birlikte yaşamak istiyorlardı. Cinsel ilişkiye giremese de Amira ile arkadaşlık etmeyi arzuluyordu ve Amira da buna istekliydi. Ponnani'de Razak, iktidarsız olduğu gerçeğini gizleyerek Calicutlu bir kızla evlendi. Bir yıl içinde karısını ve onun sevgilisini Malappuram kılıcıyla öldürdü.

Razak, Allah'ın Muhammed Akeem'in kendisini hadım etmesine neden izin verdiğini sorguladı. Akeem'den ve Allah'tan intikam almak istiyordu; tek seçenek Akeem gibi evrimleşmekti. Darağacında, maskeli Thoma Kunj, Razak'ın zayıf çığlığını, insanlığın ıstırabını ama Allah'a karşı korkusuz bir meydan okumayı duydu.

Sözlük

1. Abaya (Arapça): Arap dünyasında kadınlar tarafından giyilen cübbe benzeri bir elbise.
2. Al-jahim (Arapça): Cehennem.
3. Arak (Arapça): Damıtılmış alkol.
4. Akki Otti (Kodagu): Pişmiş pirinç ve pirinç unundan yapılan mayasız gözleme.
5. Bahiya (Arapça): Güzel bir kız.
6. Chemmeen (Malayalam): Thakazi'nin ünlü bir Malayalam romanı ve aynı adı taşıyan bir Malayalam filmi.
7. Gharara (Hintçe/Urduca): Hindistan ve Pakistan'da kadınlar tarafından giyilen geleneksel bir elbise.
8. Gursan (Arapça): Etli ince bir ekmek.
9. Haram (Arapça): Yasak.
10. Harem (Arapça): Çok eşli bir adamın cariyeleri için bir ev.
11. Huri (Arapça): Sadık erkek mümini cennette bekleyen bakire.
12. İblis (Arapça): Şeytanların lideri.
13. Jahannam (Arapça): Cehennem.
14. Jalamah (Arapça): Kuzu etinden yapılan bir yemek.
15. Jannah (Arapça): Cennet, Cennet.
16. Kafir (Arapça): Mürted, İnançsız.
17. Hamr (Arapça): Şarap.
18. Khuda (Urduca): Rab, Allah.

19. Lakshman Rekha (Sanskritçe): Parlak çizgi kuralı.
20. Maghreb (Arapça): Kuzeybatı Afrika.
21. Maşak (Arapça): Keçi derisinden yapılmış su torbası.
22. Mashrabiya (Arapça): İslam dünyasında geleneksel mimari.
23. Maşrık (Arapça): Arap dünyasının doğu kısmı.
24. Mofata-al-dajaj (Arapça): Basmati pirinci ile geleneksel tavuk yemeği.
25. Mulhid (Arapça): Ateist.
26. Nawab (Hintçe/Urduca): Bir Babür genel valisi veya İngiliz Hindistan'ında bağımsız bir hükümdar.
27. Padachon/Padachone (Malayalam): Yaratıcı.
28. Poda Patti (Malayalam): Kaybol, seni alçak.
29. Porompokku (Malayalam): Yolların, demiryolu raylarının vb. yakınındaki kullanılmayan devlet arazisi.
30. Sagwan (Arapça): Tik ağacı.
31. Sjambok (Arapça): Keskin metal parçaları olan ağır deri kamçı.
32. Themmadi Kuzhi (Malayalam): Bir kilise mezarlığındaki günahkârlar köşesi.
33. Tu Kahan Hai (Hintçe/Urduca): Neredesin sen?
34. Umma (Malayalam): Anne.
35. Veshya (Malayalam/Sanskritçe): Fahişe.
36. Yajif Jayidan (Arapça): Kuru bir kuyu.

İÇİNDEKİLER

Sessizlik	1
Hücre	37
Geçit Töreni	71
Balck Bezi	103
Darağaci	137
Ilmek	174

Sessizlik

George Mooken'ın mezbahasında domuzların kafalarını kesen giyotinin şakırtısı gibi ağır ayak sesleri geliyordu ve Thoma Kunj sol kulağını hücrenin zeminine yakın tutarak bunları saydı; darağacının onun için hazır olduğunu haber veren bir ön uyarı. Annesi Emily onu aldırmayı reddetmişti; yine de yirmi dört yıl sonra bir yargıç onu ölene kadar boynundan asmaya karar verdi. Thoma Kunj yargıcın biyolojik babası olduğunu hiç bilmiyordu.

Otuz beş yaşındaydı, sağlıklı ve aklı başındaydı.

Sesler farklıydı, beş kişi, dördü sağlam yapılı, çizme giyen ve muhtemelen sandalet giyen ufak tefek bir adam. Thoma Kunj, Başkan son temyiz başvurusunu reddettiğinde bir yıl boyunca onları bekledi. Saat üçe kadar sessizlik içinde uyudu ve uyandığında gecenin en küçük seslerini dinlemeye çalıştı. Genellikle infazlar sabahın erken saatlerinde, saat beş civarında yapılırdı. Her gece üçten beş buçuğa kadar ayak seslerini bekledi.

Cezaevi yüz dönümlük bir arazi üzerinde ve ana yoldan oldukça uzakta olduğu için, Arap çölünün ortasındaki bir harem gibi ürkütücü bir sessizlik her yeri sarmıştı. Müebbet hükümlüsü Mohammed Razak, Thoma Kunj'a ergenlik ve gençlik yıllarını geçirdiği Qassim'deki Unayzah'ta yaşadıklarını ve haremdeki şeytani sessizliği anlattı. Muhammed Akeem ve oğlu

Adil'e ait bir hurma plantasyonunda Malezya, Pakistan, Lübnan, Irak, Türkiye, Azerbaycan ve Mısır'dan kadınlar tutuluyordu. On bir yaşlarında, yeşilimsi gözleri ve melek gibi yüzüyle Pakistanlı bir kız olan Amira, Razak'la Urduca konuşmayı çok seviyordu. Büyükanne ve büyükbabasının ataları Lucknow'da Nawab'lardı ve Hindistan'ın bölünmesi sırasında Gharara'larının altında altın çarşaflar saklayarak İslamabad'a kaçmışlardı. Muhtemelen cariyeler arasında en genç olanıydı, geçerli bir vizesi olmayan yasadışı bir göçmendi. Ancak Akeem onu almaktan memnundu çünkü Arabistan'ın her yerinde birçok bağlantısı vardı ve ajanlar genç kızlar müsait olduğunda onunla temasa geçiyordu. Fahişeler otuz beş-kırk yaşını geçtikten sonra Akeem onları yeraltı dünyasına, özellikle de Riyad'a satıyordu.

Akeem malikânesine Mashrabiya ve her bir fahişesine de muhteşem bir kız olan Bahiya adını vermişti.

Tipik İslam mimarisine sahip Maşrık tarzı bir Maşrabiye'ydi, oymalı ahşap işçiliği ve vitraylı camlardan oluşan kapalı bir cumbası vardı. Maşrabiya üç katlıydı ve kadınlar üstteki iki katta oturuyordu. Razak'ın başlıca görevi, büyük keyif aldığı yemekleri servis etmekti. Kadınların kokularını, seslerini ve rengârenk kıyafetlerini seviyordu.

Razak onlarla kâğıt oynayarak uzun saatler geçirirdi. Şarkı söylemek günah ya da haram sayılıyordu ama Mısırlı, Azerbaycanlı ve Malezyalı kadınlar birbirlerinin ellerini çırparak halk şarkıları söylüyorlardı. Akeem uzakta olduğunda Razak da sık sık onlara katılırdı.

Şarkıları çoğunlukla aşk hikayeleri, ayrılıklar, doğdukları yere dönme özlemi ve sevdikleriyle buluşma üzerineydi. Razak'ın kalbinin derinliklerine iniyor ve hüzün, keder, acı ve ayrılık duyguları yaratıyorlardı. Razak onlar için Chemmeen ve diğer filmlerden Malayalam şarkıları söyledi.

Cumbalı pencerelerden izlediği geniş hurma bahçesi, Akeem'in çocukken Yemen'den gelen babası tarafından dikilmişti. Çiftlik, Unayzah'tan yaklaşık yüz kilometre uzaklıkta, tamamen kendisine ait bir vahadaydı. Akeem, üç karısından olan on iki kızından tek oğluydu.

Haremdeki kadınlar, Akeem'in babasının avlanmayı çok sevdiğini ve arkadaşları ve oğluyla çölde günlerce vakit geçirdiğini anlatırlardı. Böyle bir av gezisinde, Akeem kırk sekiz yaşındaki babasını öldürdü; kömürde kavrulmuş ceylan etinin tadını çıkarırken arkadan bir mızrak kalbini deldi. Müthiş bir atlatl atıcısıydı, yaklaşık yirmi metreden tek bir atışla bir Arap tahrını ya da antilobu öldürebilirdi. Akeem babasını öldürdüğünde sadece yirmi yedi yaşındaydı, çünkü babasının hurmalık arazisini, haremini ve yarattığı serveti devralmak istiyordu.

Akeem haftada iki kez metresleriyle yemek yiyor ve canları ne isterse yiyip içerek kutlama yapmayı dört gözle bekliyorlardı. Mashrabiya'da üretilen bir şarap olan Khamr, Mofatah al-dajaj, kakule, tarçın, kurutulmuş limon, zencefil ve shaiba kökleriyle pişirilmiş aromatik basmati pirinci üzerinde servis edilen tavuk parçalarıyla birlikte alınırdı. Bayram günlerinde, soğan ve başta karabiber olmak üzere baharat karışımıyla pişirilen genç kuzu eti olan Jalamah'ı çok severlerdi. En sevdikleri yemek ise etli, sebzeli ince ekmek olan Gursan ve mayalanmış buğday, kuru üzüm ve jaggery'den damıtılan bir alkol olan araktı.

Akeem her zaman sevgilileriyle buluşmaktan mutluluk duyar ve onların arkadaşlığını severdi. Yurtdışı gezilerinden her dönüşünde onlara ve Razak'a pahalı hediyeler verirdi. En iyi kalite hurmalarını ihraç etmek için Avrupa ve Amerika'ya seyahat eder, hurma plantasyonu için en son makinelerin yanı sıra mızrak sapları için ceviz, kızıl meşe ve akasya ağacı ithal ederdi. En az altı ayda bir, kız satın almak ve kadın satmak için Arabistan'ın farklı bölgelerini geziyordu.

Zaman zaman şiddet yanlısı ve yasakçıydı ve çoğu kadın ondan içten içe nefret ediyordu. Çoğunlukla geceleri, ajanlar kırkını geçen kadınları satın almaya geldiğinde, gitmeyi reddedenleri ağır bir deri kırbaç olan sjambok ile kırbaçlıyor ve kırbaçlama, mutfağın yakınındaki küçük bir odada Razak'ın uykusunu bozan çığlıklar ve bağırışlarla uzun saatler devam ediyordu. Yıllar geçtikçe Akeem yeni kızları sınırdan içeri soktu ve eskileri ortadan kayboldu. Amira, Razak oraya varmadan sadece birkaç ay önce Mashrabiya'da ortaya çıktı ve haftalık akşam yemeklerinden sonra Akeem'in gözdesi oldu.

Akeem'in biri Yemenli, diğeri Iraklı iki özgür karısı vardı ve hareme bitişik, Mağrip tarzında inşa edilmiş farklı ikiz saraylarda yaşıyorlardı. Adil, Yemenli eşin oğluydu ve hareme gitmesine izin verilmiyordu.

Akeem, Razak'ın Mağrip'i ziyaret etmesini yasaklamıştı.

Razak on iki yaşındayken ailesini Malabar'da bırakmıştı. Riyad'daki bir ajan onu Unayzah'a götürdü ve sonraki on dokuz yıl boyunca Malabar'daki ailesini hiç ziyaret etmeden Akeem'in sarayında hizmet etti. Razak oraya ulaştığında Adil sadece beş yaşındaydı ve arkadaş oldular, yemeklerini paylaştılar, Mağrip'in avlusunda iki kişilik futbol oynadılar, Arapça öğrendiler, Kuran okudular ve birlikte dua ettiler. Maşrabiye'deki sessizlik, gece yarısı kadınların çığlıkları dışında korkutucuydu. Razak'ın hikâyesi Thoma Kunj'a acı veriyordu ve o da sık sık şeytani sessizliği ve tek tük feryatları kendi sessizliği içinde yaşıyordu.

Adil, Akeem'in arkadaşı Razak'ı hadım edişini izlerken yüksek sesle ağladı. Razak septik yaralar nedeniyle iki ay boyunca yatalak kaldığında Adil ona baktı. Adil altı yaşına geldiğinde sünnet edildiğinde, babasının onu hadım ettiğini ve Razak gibi olacağını düşünerek bir kez daha miyavladı. Hâlâ bir erkek olduğunu görünce heyecanlandı ve on dört yaşında Lübnanlı kızlarla cinsel ilişkiye girmeye başladı. Çok geçmeden Akeem malikânesinin yarısını Adil'e verdi, o da malikânesinin başka bir köşesine haremini kurdu.

Ava gittiğinde, Akeem oğlunu asla yanına almazdı.

Akeem'in kadınları Razak'a karşı nazikti. Ona pahalı çikolatalar, güzel giysiler ve parfümler hediye ettiler ve etrafta kimse yokken ona tutkuyla sarılıp öptüler ve hoşlarına giden seks oyunlarını oynamaya ikna ettiler. Birçok gece, Akeem'in yakalandığı takdirde başını keseceğini bile bile biriyle yattı. Cariyeler Razak'ı cezbediyor, onu uçuşan abayalarının içine saklıyor ve sık sık cinsel dürtüleriyle onu alt ediyorlardı. Esnek vücutlarının bir cazibesi, açıklanamaz bir gücü vardı. Seks düşkünü cariyeler okşama, tekrarlanan orgazmlarla sıcak bir birliktelik arzuluyorlardı. Ama sayıları çoktu ve Razak hepsini memnun etmekte yetersiz kalıyordu.

Razak, Akeem'in Razak'ı Mısırlı bir cariyeyle aynı yatağı paylaşırken yakaladığı gün elinde bir palayla onu aradığını hatırlıyordu. Akeem, Ras Musandam'da yavrusu çizgili bir sırtlan tarafından yenen vahşi bir leopar gibi öfke içindeydi. Sağ elinde tuttuğu bıçaktan kan damlıyordu.

Sol kolunun altında Mısırlı'nın kesik başı vardı.

"Allah," diye kükredi Akeem.

Maşrabiya'da mutlak bir sessizlik vardı.

Akeem'in "Senin adına, kafiri, mülhidi kurban edeceğim" haykırışı her yerde yankılandı.

Kadınların kederli feryatları Maşrabiya'nın havasını dolduruyordu; eski giysilerle kaplı bir şiltenin altına saklanan Razak'ın yaklaşan kaderine ağıt yakıyorlardı. İki gün boyunca orada aç ve susuz kaldı. Şiltenin altındaki çelik bobin sırtında derin kesikler oluşturdu.

Üçüncü gece iki kadın onu kurtardı ve yemek ve su verdi. Vücudunu temizlediler ve sırtına losyon sürdüler.

Ellerindeki kana bulanmış giysileri görebiliyordu. Maşrabiya'dan kaçmak için hiçbir yol yoktu ve kadınlar bir mahzenin kapağını açtılar, yaklaşık sekiz fit uzunluğunda ve altı fit genişliğinde, ikinci kattan zemine kadar kapısı veya penceresi olmayan, yaklaşık otuz fit derinliğinde dikdörtgen bir yeraltı mezarı. İki tarafı duvarlara değecek şekilde inşa edilmişti. Akeem buraya Yajif Jayidan, kuru bir kuyu, Jahannam, cariyeleri için cehennem diyordu. Mahzende eski giysiler, atılmış iç çamaşırları, abayalar, iç çamaşırları ve pedler yığılıydı. Kadınlar Razak'tan daha derine inmesini ve daha güvenli bir yerde saklanmasını istediler, çünkü Akeem'in beynini delmek için bir mızrakla geri geleceğini biliyorlardı.

Razak çöplerin arasından ilerleyerek daha derine indi. Nefes almak yorucuydu ve kötü koku onu boğuyordu ama bu ölüm korkusundan daha keyif vericiydi. Kurumuş ve taze adet kanıyla dolu atılmış pedler yüzünü kaplamıştı ve ne zaman derin bir nefes almak için ağzını açsa tadı acıydı. Yaklaşık on beş metre derinliğe yerleşti. Bunun ötesinde boğulup ölebilirdi; görüş mesafesi zayıftı. Baş üstü ranzalarının basıncı çok ağırdı ve uzanmak zordu. Ağır ağır nefes alarak nispeten dik durdu.

Ve Akeem dördüncü gece geri geldi. Elinde bir mızrak vardı ve hurma çiftliğindeki sabah sisi gibi haremin her köşesine ani bir sessizlik yayıldı. Sessizlik yürek parçalayıcıydı. Mızrağını bir süre yukarıdan mahzenin içine soktu, ama abayalar, gecelikler, pijamalar, iç çamaşırları ve salopetler yolunu kestiği için derinlere giremedi; geri çekmek zor oldu. Mızrağın ucunda taze kan damlaları ve et yoktu, bu yüzden küfrederek ama Allah'ın şanı için Kafir'e ölüm cezası vereceğine söz vererek geri döndü.

Mızrak, sapı ceviz ağacından yapılmış, yaklaşık yedi fit uzunluğunda bir sırık silahtı; sivri başı ise çelikti. Akeem'in ceviz, kızıl meşe ve akasyadan yapılmış çubukları olan yüzden fazla mızraktan oluşan bir koleksiyonu vardı. Hickory ve kızıl meşe Kaliforniya'dan, akasya ise Batı Avustralya'dan geliyordu ve Akeem hepsini bizzat ithal etmişti. Altı ayda bir beş ila yedi gün boyunca güvendiği teğmenleriyle birlikte çölde Cape tavşanı, kum kedisi, kızıl tilki, karakulak, ceylan ve antilop avlardı. Mızrak ve hançer dışında başka silah kullanmazlardı. Keşif ekibi sadece erkeklerden oluşan yaklaşık yirmi kişiden oluşuyordu ve çölde yemek pişirip uyuyorlardı. Arak dolu tenekeler içiyor ve sagwan odun ateşinde bütün olarak kızartılmış derisi yüzülmüş hayvanlarla ziyafet çekiyorlardı.

Beşinci gün, öğleye doğru Razak hafif bir ses duydu; tanıyabiliyordu; bu Amira'nın sesiydi. Aşağı iniyor, çöpleri ayırıyordu ve Razak onun kendisine, "Razak, Razak, tu kahan hai?" diye seslendiğini duydu.

Elinde bir şişe su ve biraz yiyecek vardı. Boynuna doladığı tülbentle Razak'ın yüzünü ve dudaklarını temizledi. "İç şunu," dedi ve şişeyi ona verdi. Razak suyu yavaşça içti. Yemek koyun eti biryaniydi. Eti küçük parçalara ayırdı ve parmaklarıyla ona yedirdi. Pakistanlı küçük kız büyüyüp güzel bir kadın olmuştu ama birkaç yıl içinde Arabistan'ın cehenneminde seks kölesi olmaya mahkûm edilmişti. Bir haremden, bir geneleve transfer edilecekti.

Tıpkı bir çocuğu emzirir gibi, Amira'nın beslenmesini bitirmesi yarım saatten fazla sürdü. Sonra Razak'ın yanaklarını öptü, yüzünü göğsüne bastırdı ve ona sarıldı.

"Buradan kaçtığında beni de yanında götür. Dünyanın herhangi bir yerinde seninle yaşamayı çok isterim, lütfen," diye yalvardı Amira.

Razak ona baktı ama sessiz kaldı.

"Bu Kuran'da anlatılan Cehenem'dir; Akeem ise İblis'tir," diye devam etti bir duraksamadan sonra.

"Evet, Amira," diye cevap verdi.

"Razak, ben kötü ve vahşi olan Khuda'ya inanmıyorum. Bir erkek olarak kadınlardan nefret eder; şehvet düşkünüdür ve erkeklerin eğlenmesi için houris, genç, dolgun göğüslü bakirelerle dolu bir cennet yaratmıştır. Cennette kadınlar seks köleleridir. Savaştan ya da gece baskınlarından sonra her yaştan kadını yakalayan ve Arap çöllerinde zorla evlendiren seks düşkünü cahil haydutların gerçek hikayeleri vardı. Yağmacılar savaş alanında adamlarının kafalarını kesiyorlardı. İslam için ölürlerse, yetmiş iki tanesi cennette olmak üzere hurileri alacaklarına inanıyorlardı. Bu büyük bir baştan çıkarıcıydı," dedi Amira Razak'a sarılırken.

"Kadınlar yeryüzünde cariye, cennette ise huridir. Allah kadınları erkeklerin zevki için yarattı," Amira konuşurken bir süre durdu.

"Razak, lütfen beni al; yoksa Arabistan'da bir yerde bir geneleve düşeceğim," dedi bir süre durakladıktan sonra.

"Amira, kesinlikle götüreceğim," diye söz verdi Razak. Ama sesi çok cılız olduğu için onu duymamış olabilirdi.

Tırmanırken Amira Razak'a baktı.

"Güven işareti olarak sağ ayağımın tabanını öp. Babamın kadınlarının ayaklarını gizlice öptüğünü görmüştüm," diye rica etti Amira.

Razak onun sağ ayağının tabanını öptü. Yumuşaktı ve adet kanıyla ıslanmıştı.

Razak, "Amira, Ponnani'ye gideceğiz ve Malabar Nawab'ı gibi yaşayacağız," diye söz verdi.

Sonra Razak uyudu.

Ertesi sabah sol omzunun yanında eski bir giysi balyası gördü ve biraz daha hava almak için onu itti. Balyadan gelen pis koku dayanılmazdı; dokunduğunda parmakları içine girdi ve giysiler dışarı kaydı. Çürümüş insan eti parmaklarını kapladı ve bir göz küresi avucunun içinde ona bakıyordu.

"Padachone," diye bağırdı.

Bu yeni doğmuş bir bebeğin çürümekte olan bedeniydi.

Razak kustu ve dışarı atlamaya çalıştı ama bacakları ve eli sıkıştı. Bir kez daha kustu; biraz su ve tükürük çıktı.

Bir kez daha, etrafındaki eski giysileri ve saçmalıkları ayırmaya çalıştı ve bacağı başka bir çürümüş bedene, doğumundan hemen sonra mahzene atılmış bir bebeğe saplandı. Kaçmak, mahzenden dışarı atlamak istedi. Akeem'in kafasını kesmesine izin verdi. Razak bayıldı ve bilincini kaybetti.

Gözlerini açtığında, etrafı hourilerle çevrili bir cennette olduğunu düşündü. Onların kendisini mahzenden çıkaran harem kadınları olduğunu anlaması birkaç saniye sürdü. Çıplaktı ve onu ılık suyla temizlediler, vücudunu Türk havlularıyla kuruladılar ve üzerine yeni giysiler örttüler.

Amira, "Razak, korkma; Riyad'a gitti ve ancak yedi gün sonra dönecek," dedi.

Kulaklarına inanamıyordu. Hayatında duyduğu en güzel ve teselli edici sözlerdi bunlar, Tirur'da ayyaş babasından kaçarken söylediği nutuklardan çok daha müzikaldi. Babası Bappa'nın iki karısı ve sekiz çocuğu vardı. Razak en büyükleriydi. Bappa'nın Tirur balık pazarında bir çay dükkânı vardı ve eşleri ve çocuklarıyla birlikte çay dükkânına yakın kerpiç bir kulübede yaşıyordu. Çay ocağından kazandığı para aileye yetmiyordu, çünkü her gün yarısından fazlasını alkole harcıyordu.

Razak, balık satmaya giden annesi Umma'yı çağırdı. Balık sepetini başının üzerinde taşıyor ve yakın köylere kadar yürüyordu; balıkları temizliyor ve ev kadınlarının istediği gibi parçalara ayırıyordu. Yaptığı işten memnun olan ev sahipleri ona eski giysiler, pirinç, hindistancevizi yağı ve Onam, Vishu ve bayram gibi festivallerde baharat hediye ediyorlardı. Ancak bu yeterli değildi; Razak'ın hayatında açlık pusuda bekliyordu ve yılda sadece birkaç gün tam bir öğün yemek yiyerek tatmin oluyordu. Tadı yavan bir lapa olan öğle yemeğini yemek için okula giderdi.

Razak, ümmisi ve diğer dört kardeşiyle birlikte yerde yatıyordu. İkinci ümmisi ve onun üç çocuğu başka bir köşedeydi. Kardeşlerinin açlık sancılarını hissedebiliyordu. Babasının fiziksel şiddet içeren sarhoş kavgaları tipikti ve sık sık annesinin hafif hıçkırıklarını duyuyordu.

Umma her zaman balık kokardı ve Razak bu kokuyu çok severdi; annesine tapardı. Tek hayali ona yeterli yiyecek ve yeni giysiler sağlamaktı. Daha sonra, Umma'nın bir karyolada uyuyabileceği ve muson yağmurları sırasında soğuktan kaçmak için vücudunu bir battaniyeyle örtebileceği daha iyi bir eve sahip olmayı hayal etti. Annesini ve kardeşlerini her ay bir kez sinemaya götürebileceği bir bisikletin hayalini kurdu.

Arkadaşları Razak'a para kazanmak için Suudi Arabistan'a ve Körfez ülkelerine giden birçok gencin hikâyesini anlattı. O ülkelerde yeterince altın vardı; çocuklar altınla oynuyor, hatta arabalar ve evler yapılıyordu. Birçok gencin parlayan metali küçük teknelerle Malabar'a getirdiğini biliyordu. Ama bunun kaçakçılık olduğunu ve yakalanırsa birkaç yıl hapis yatacağını bilmiyordu. Kaçakçılık Tirur, Ponnani, Ottapalam, Malappuram ve Kozhikode'de birçok kişiyi zengin etti. Arazi satın aldılar, dükkanlar inşa ettiler ve oteller, restoranlar ve hastaneler açtılar. Arkadaşları ona çamurdan evinin etrafındaki tüm köşklerin Suudi Arabistan ve Körfez ülkelerinden gelen altın parasıyla inşa edildiğini söyledi.

Razak Arabistan'a gitmek, ümmeti beslemek için altın getirmek, kardeşlerini eğitmek, bir ev inşa etmek, bir araba almak, bir dükkan açmak ve sonsuza dek mutlu yaşamak istiyordu. Altı ay boyunca bunu düşündü ve okul arkadaşlarıyla tartıştı. Kimse onu cesaretlendirmedi. Zengin olmanın onun hakkı olduğunu söylediler. Onlar da gitmeye hazırdı ve bazıları çoktan gitmişti. Okuldaki öğrenci sayısının her geçen gün azaldığını fark etti. Yakın arkadaşlarından ikisi önceki hafta okuldan ayrılmıştı. Okula vardığında biri ona sınıf öğretmeninin BAE'ye gittiğini söyledi. Arap rüyası her yere yayılıyordu ve çocuklar bile huzursuzdu.

Bir gece Razak annesine haber vermeden evden kaçtı. Onu bıraktığı için üzüldü ve tek başına inledi. Yakında ışıltılı metallerle dolu çantalarla geri döneceğini biliyordu. Birçok tekne Arap Yarımadası'ndaki farklı limanlara gidiyordu ve o da üç gündür denizde olan gençlerle dolu bir tekneye bindi. Teknedeki bir ajan Razak'ı, hepsi biraz daha yaşlı olan üç gençle birlikte Riyad'a götürdü ve onu başka bir ajanla tanıştırdı. Üç gün içinde Razak Akeem'in Mashrabiya'sındaydı.

Razak iki gün boyunca haremdeki kadınlarla çevrili bir şekilde uyudu. Onun için ifade ettikleri sevgi, Arapça Kuran'da okuduğu, sadık Müslüman müminlerin öbür dünyadaki ödülü olan cennet hurileri gibi ilahi bir sevgiydi.

Adil, Razak'ın içi altın dolu keçi derisinden bir su tulumu olan Maşak ile Arabistan'dan kaçmasına yardım etti. Yeşilimsi gözlerini gözlerinin içinde, görüntüsünü kalbinde sakladığı Pakistanlı sevgilisi Amira'yı düşündü. Sevgi dolu güzel bir ruhu vardı; onu yanına almak istedi ve Adil'e yalvardı. Ama Adil karşı çıktı, biri eksik olursa babasının diğer kadınların boğazını keseceğini söyledi.

Razak kendine güveniyordu. Amira düzenli seks yapamayacağını biliyordu, bu yüzden bunu kabul etti ve haremde cehennem gibi bir deneyim yaşadıktan sonra seks yapmaktan nefret etti. Bu onun pek çok sorununu çözebilirdi. Bir arkadaşa, onu sevebilecek, uğruna ölmeye hazır olduğu bir kadına ihtiyacı vardı. Son nefesine kadar hayatını Amira ile paylaşmak istiyordu. Nila nehrinin kıyısında bir kale inşa etmeye yetecek kadar servet vardı. Razak için Amira en iyi yoldaşı, en güvendiği dostu, ruhunun ruhu, tabanını öptüğü kişi olabilirdi. Onun varlığını özlüyor, yüzünü arıyor, güzel gözleri, yumuşak yanakları ve büyüleyici gülümsemesiyle büyülenmek istiyordu. Razak onunla hayallerini paylaşmayı seviyordu, geçmişi ve geleceği. O ve kadın, dünyadaki ve cennetteki en iç karartıcı eylem olan seksin ötesindeydiler. Artık sevişmekle değil, arkadaşlık, sevgi, dokunuş ve sıcak birliktelikle ilgileniyorlardı. Bazen Amira'yı ümmetinden daha çok sevdiğini düşünüyor ve bunun için üzülüyor, Pakistanlı bir kadını annesinden daha çok sevmenin günahından utanıyordu.

Razak, Amira'nın Cihannam'dan aşağı indiğini ve ona biryani yedirdiğini hatırlıyordu. Yumuşak, güzel parmakları dudaklarına dokunuyordu. Muhteşem bir kalbi vardı, sevgi dolu bir kalp, Maşak'ındaki altından daha değerliydi. Onun için tüm altınları değiştirmeye hazırdı. En başından beri onu seviyordu ama bunu ona hiç söylememişti. Hadım edilmiş bir adam, reddedilmiş bir insan, ne kadın ne de erkek olduğu için onun nasıl tepki vereceğinden korkuyordu. Ama tek bir kelimeyle dünyasını değiştirdi, tarihi yeniden yazdı ve şimdiye kadar yazılmış tüm destanların olay örgüsünü değiştirdi. O sordu: "Razak, tu kahan hai?"

Amira onun güvenliğiyle ilgileniyordu ve onun için vardı. "Seni seviyorum," dedi. Kulağa değerli geliyordu, dünyadaki her şeyden daha değerli. O da onu tüm kalbi ve ruhuyla seviyordu. "Kötü ve acımasız olan Khuda'ya inanmıyorum," dedi. Amira, Razak'ı cehennemde bile seviyordu; Razak'lı bir cehennemi onsuz bir cennete tercih ediyordu. Sevdiği için Allah'ı inkâr edebilirdi; Razak varken Yüce Allah var olamazdı. Amira, yüzlerce kişinin seks kölesi olacağı bir genelevdeki geleceği hakkında çok korkuyordu; Mashrabiya'da sadece bir adamı memnun etmek zorundaydı. Maşrabiye'den kaçıp, hiçbir saatinin, hiçbir müminin ve hiçbir Allah'ın ulaşamayacağı sevgili Razak'ının yanına gitmek istiyordu.

Razak Maşrabiye'den ayrıldığında Amira otuz yaşındaydı. Ama Amira'ya hadım edilmesini engellemeyen Allah'a inanmadığını söylemeyi unuttu. Testislerinin acımasızca alınmasından sonra Razak bir ateist oldu. Sadece Akeem Allah gibi acımasız ve kötü insanlar vardı.

Razak bir dönümlük bir arazi satın aldı ve Ponnani'de Umman Denizi'ne bakan bir villa inşa etti. Kasabanın içinde, ana kavşağın yakınında bir alışveriş kompleksi geliştirdi. Birçok kız onunla evlenmek istiyordu ve o da Calicut yakınlarındaki Beypore'dan bir kız seçti ve seks yapamadığı gerçeğini gizleyerek onunla evlendi. Adam otuz iki, kız ise on altı yaşındaydı. Bir yıl sonra Razak karısını sevgilisiyle yakaladı ve bir Malappuram baltasıyla her ikisinin de kafasını kesti. Akeem onu İblis gibi ele geçirmişti.

Razak paylaşımını tamamladığında yüzünde acı bir gülümseme vardı. Thoma Kunj'a uzun süre baktı, bir tepki beklemiyordu ama arkadaşının sessizliğin derin anlamını anlayıp anlamadığını doğrulamak istiyordu. Thoma Kunj, Razak'ın yüzü çökerken ve dudakları kıvrılırken duygularına yüklenen şaşırtıcı bir ambiyansı gözlemleyebiliyordu. Razak sessizlik içinde hüzünlü bir adamdı.

"Eğer Akeem beni hadım etmeseydi, senin yaşında bir oğlum olacaktı. Ama sen benim oğlumsun, tek oğlum. Hapis cezandan sonra gel ve benimle Ponnani'de kal," dedi Razak Thoma Kunj'a.

Thoma Kunj ona inanamayarak baktı. Haremdeki Pakistanlı bir kadını seviyordu ama yirmi yıl hapis yattıktan sonra, ilmikle ölüme mahkum edilmiş, vaftiz edilmiş Hıristiyan ama ateist bir adamı oğlu olarak evlat edinmişti. Razak'ın hapishanede tek bir arkadaşı vardı, Thoma Kunj.

Thoma Kunj onunla on bir yıl önce hapishane çiftliğinde çalışırken tanışmıştı. Razak yirmi yıllık hapis cezasını tamamlamak üzereydi. Elli üç yaşındaydı. Thoma Kunj hapishaneden çıktıktan altı ay sonra Razak'tan, gardiyan tarafından verilen bir düğün davetiyesi aldı. Thoma Kunj için ikinci yıldı. Razak Malappuram'dan bir kızla evlenmeye karar vermişti. Amira gibi Razak'ı sevebilecek, seks takıntısı olmayan ama onun sessizliğini paylaşacak bir eş arıyordu.

Sessizlik altın değerindeydi. Ancak yurt müdürünün sessizliği, dışa dönük bir şefkatle esrarengiz bir yankı uyandırıyordu ya da şefkatli davranmış olabilirdi. İki dakikalık düşünceli bir sakinlikten sonra mahkemeye Thoma Kunj'un küçük kızın cesedini pansiyonun bitişiğindeki bir kuyuya attığını gördüğünü söyledi. Birkaç kelimeyle anlattığı anılar mahkemedekileri şaşkına çevirdi ve yargıcı gök gürültüsü gibi çarptı. Kanıtları Thoma Kunj'un kaderini belirlerken onun kendine olan güvenini de sarstı. Akşam saat beş civarıydı ve uzun boylu, tıraşsız bir yüzün pansiyon koridorunda koştuğunu, pompa binasının yakınındaki kuyuya doğru kapıyı açtığını ve cesedi kuyuya attığını gördü. Bunun Thoma Kunj olduğundan emindi.

Thoma Kunj, George Mooken'in ısrarı üzerine pansiyona sadece bir kez gelmişti. Pazar günüydü ve Mooken ona pansiyon müdüründen pansiyon içindeki boru hattında su sızıntısı olduğuna dair bir telefon aldığını söyledi. Pazar günü olduğu için pansiyonun tesisatçısı istasyon dışındaydı ve müsait değildi. Müdür Mooken'den arızayı onarması için birini göndermesini istedi. Thoma Kunj ahırdaki tesisat işleriyle ilgilendiği için Mooken pansiyona gidip tamiratı yapması konusunda ısrar etti ancak Thoma Kunj gitmeye isteksizdi; üstelik evde yapması gereken pek çok iş vardı. Mooken öğlen aynı istekle Thoma Kunj'u bir kez daha çağırdı.

Thoma Kunj öğleden sonra üç sularında pansiyona gitti. İşi iki ya da üç saat içinde tamamlamak istiyordu. Ama bunun hayatını değiştireceğini ve onu darağacına götüreceğini hiç düşünmemişti.

Thoma Kunj sanık sandalyesinden şaşkınlıkla müdüre baktı ama görünüşü yumuşaktı ve alnına düşen kır saçları yalanını, inatçılığını kamufle ediyordu. Gözlükleri yuvarlak ve kalındı; yüzü, devlet tarafından işletilen bir işçi kadınlar yurdunda işlenen bir cinayetin yarattığı acıyı yansıtıyordu. O son tanıktı. Yargıç, elli beş yaşındaki bir devlet memurunun ifadesine inanmakta hiç tereddüt etmedi.

Bununla birlikte Thoma Kunj, duruşmadan önce bile bir yargıcın kaderini belirleyebileceği ihtimalini hiç düşünmemişti. Yaklaşık kırk sekiz yaşında olan yargıç, bir üniversite öğrencisinin bebeğini aldırmayacağını söylediği günden beri kendi yarattığı derin bir sessizlikten muzdarip olduğu için kalbinde hiç açığa çıkmamış bir sır saklıyordu. Genç bir avukattı ve kız onu üniversitesinde hukuk ve edebiyat hakkında konuşmaya davet etmek için ofisini ziyaret etti. Onu öğretmenlerine ve arkadaşlarına övgülerle dolu veciz sözlerle tanıttı. Zekası, liderliği ve iletişim yeteneği onu büyülemişti.

Onun analitik becerisine ve hukuk alanındaki uzmanlığına hayranlık duyuyordu. Dinleyicilerini kısa ve öz kelimeler ve cümlelerle ikna etme yeteneği eşsizdi.

Arkadaşlıkları ilerledi ve sık sık buluştular, genç avukatın bisikletiyle farklı yerlere seyahat ettiler ve geceleri sıcak bir yakınlıkta geçirdiler.

Thoma Kunj'u mahkemede gördüğünde sessizliği paramparça oldu. Yargıç sessizlik içinde sanığın adını okudu: Thomas Emily Kurien. Bu onu şaşırttı; inanamayarak Thoma Kunj'a baktı. Thoma Kunj'un görünüşünde kendi yüzünün bir yansıması vardı.

Sessizliğin bir titreşimi vardı; bir kadının kederli çığlıklarına gebeydi. Yargıcın yirmi beş yıllık sessizliği bu çığlıklarla yankılandı.

Yaşlı bir yurt müdürünün tanıklığı, yirmi dört yaşındaki bir adamın kaderini belirleyen bir karara yol açtığı için bir sonuç doğurdu.

"Ölene kadar boynundan asın."

Karar kısa ve kesindi.

Thoma Kunj'un annesi Emily, Akeem'in cariyelerinin yumuşaklığından farklı bir sessizlik yaşadı ve yaşlı yurt müdürünün sessizliğinden uzaklaştı. Emily'nin sessizliği yürek burkucuydu; Thoma Kunj'un bedenine işliyor ve tüm eve nüfuz ediyordu. Onun suskunluğu nazik, cömert ve sevgi doluydu. Thoma Kunj on iki yaşına gelene kadar çocukluk anılarını ve üniversite günlerini paylaşmak konusunda isteksizdi; bunun yerine romanlardan ve destanlardan hikayeler anlatırdı. Thoma Kunj onun anlattıklarına müdahale etmeden saygıyla dinledi. Ama onun hikayeler anlatırken bile anlayışlı bir sakinlik içinde olduğunu hissetti.

Thoma Kunj onun anısını dipsiz bir sessizlik içinde taşıdı. Hapishanedeyken hep onu hatırladı. Bu kopmaz bir bağdı ve onun sessizliğiyle büyüdü. Onun sessizliği üzerine meditasyon yaptı ve hücresini onun sevimli varlığıyla dönüştürdü.

Hücredeki ilk birkaç ayında geceler uzun ve ürkütücüydü, ama gün ışığıyla birleşip kayıtsızlığını kaybettikçe geçen korkutucu karanlığa aşina oldu. Yavaş yavaş geceler daha hoş, umutlu ve huzurlu olmaya başladı. Karanlıkta kendini daha iyi görüyor, kendi iç titreşimlerinin ve hücrenin titreşimlerinin daha çok farkına varıyordu. Hücre, Razak'ın üç gün üç gece boyunca saçmalıklar ve çürüyen insan etleri içinde kaldığı Yajif Jayidan'a benziyordu. Asla şefkatli ya da meraklı olmayan ama temkinli ve ısrarcı olan hücre onu bir adli tıp doktorunun cesede baktığı gibi koruyordu. Penceresiz dört duvar arasında nefes alışını, kalp atışlarını, çarpıntılarını ve yiyecek ve arkadaş arayan başıboş karıncaların narin ağıtlarını sayabiliyordu. Hücrenin dışından gelen seslerin kendine özgü bir yapısı ve anlamı vardı. Gece yarısından sonra yaklaşan kuşların farklı bir amacı vardı. Güçlü ellerinde ölüm taşıyorlardı.

Ama Appu'nun yüzüne çarpmadan önce bile ölüm için bir özlem vardı. Dudakları kanla doldu, dişleri parçalandı ve burnu kırıldı. Güçlü bir vuruştu. "Annen bir veshya," diye bağırdı ve tüm öğrenciler onu duydu. Ambika korkmuş görünüyordu. Ama Appu'nun burnunu kırmanın kendine göre nedenleri vardı. Anneme fahişe demeye nasıl cüret ederdi? Bu bir cezaydı, caydırıcı değildi, düzeltme değil, Mahabharata'daki Sakuni'ler gibi intikamdı.

Bazı öğrenciler dedikodu yaptığında ve öğretmenler istenmeyen sempati gösterdiğinde ölüm dilekleri filizlendi. Bu, varoluştan yok olmak için duyulan yoğun bir arzuydu. Daha doğarken bile, yeni yeni filizlenen bir ölme arzusu vardı. Annesi, bebeğinin küçücük elleriyle yatak örtüsünü yüzüne örtmek için sürekli çabaladığını ve nefesinin tıkandığını söylerdi. Annem haklıydı; ölmenin bir heyecanı vardı; yaşama özlemini gideriyordu. Annem, babam, Appu, yurt müdürü, yargıç, gardiyanlar ve George Mooken'in domuz ahırındaki domuzlar her gün ölmek, ölümün sıcak ve soğuk, yumuşak ve sert dokunuşunu deneyimlemek için kıvrandılar. Annemin kilisenin önündeki çarmıhta asılı cansız bedenini izlemek, hayatın çürümüş amacını, yalın ve acımasız bir gerçeği aşıladı, ancak kalıcı bir iğneleme yarattı. Hayatın sonu ölümdü ve hayattaki tüm özlem ölüme duyulan özlemdi. Annem ilmeğini hindistancevizi kabuğundan yapmıştı. Gece yarısından sonra kiliseye doğru yürüdü ve her Pazar haçın yanında duran kutuya para koyduğu için büyük taş haçı biliyordu. Annem bir mum yakmayı ve ellerini sessizce kavuşturarak dua etmeyi asla unutmazdı. İsa'nın Kutsal

Kalbi'ne, Meryem Ana'ya ve MS 52'de Malabar kıyılarına indiğinde atalarının dinini değiştiren Havari Aziz Thomas'a Thoma Kunj ve Kurien'i korumaları için yalvarırdı. İpi haçın ellerinin üzerine attı ve plastik bir tabure kullanarak kendi başına bir ilmekle bağladı. İlmek korkutacaktı ama boynunu okşadı ve onu boğarak öldürdü.

Hapishanede geçirdiği on bir yıl Thoma Kunj'a pek çok ders vermişti; gecenin en ufak gürültüsünü bile ayırt edebiliyordu. Ölüm sessizdi; asla gürültü çıkarmazdı. Ölüme hazırlık sesler ve öfke yaratırdı. Hapishanedeki sessizlik yas ve kederin ifadesiydi. Sessizliğin içinde gizli bir ağıt vardı ve onu dinlemek için çok dikkatli olmak gerekiyordu. Cenaze müziğinin tadını çıkarmak gibiydi; güzel, dingin ve neşeliydi. Kakofonik olsaydı, melodik olmasaydı, mutluluk verici olmasaydı kimse çalmazdı. Annemin cenazesinde müzik yoktu. Papaz, günahkâr olduğunu ve kendini astığını söyleyerek onu mezarlığa gömmeyi reddetti. Gözlerinde kötülük ve şehvet vardı. Yıllar sonra George Mooken, annesinin mezarını kazmak için bir parça çamura izin vermesi için papaza yüklü bir meblağ ödediğini söyledi, ancak miktarı açıklamadı. Mooken, annesinin ölüm arzusunu anlamıştı çünkü yaşamak için teklifte bulunuyordu.

Annem devlet tarafından işletilen bir okulda süpürgeci olarak işe girmeye çalıştı. Atama emri moralini yükseltti ve sessizliği çabucak kayboldu. İyi okuyup yazabildiği için İngilizcesi mükemmeldi. Kodaikanal'da bir devlet okulunda okudu, ancak Mama üniversite mezuniyetini tamamlayamadı ve bir ilkokulda öğretmenlik yapmak için öğretmenlik eğitimi almadı. Üniversitedeki ikinci yılında hamile kaldı ve doğumdan sonra Kurien'le birlikte Malabar'a gitti ama Kurien Thoma Kunj'un babası değildi. Emily evlenmeden önce babasına kendisini terk eden bir avukatla olan ilişkisini anlatmıştı. Babamın annemle evlenme kararı sempatiden değil, sevgiden kaynaklanıyordu. Kurien, George Mooken'in domuz çiftliğinde çalışırken, Emily de bir devlet okulunda süpürgeci olmuştu. Okul müdürü bile İngilizce mektuplar ve genelgeler hazırlamak için sık sık ondan yardım istiyordu.

Thoma Kunj on iki yaşındayken Emily hikayesini onunla paylaştı; oğlunun bunu bilmesi gerektiğini düşünüyordu ve utanmıyordu. Thoma Kunj onun biyografisini kabul etti ve başını dik tuttu.

Cemaat rahibi, kilise tarafından işletilen okulun maaşını devlet ödediği halde, cemaat okulundaki süpürgeci işi için rüşvet olarak hatırı sayılır bir meblağ talep etti.

Onu kilise mezarlığına gömmek için papaz bir miktar para kabul etti.

Babam, bir yıl boyunca veterinerlik okulunda eğitim gördüğü ve domuz yetiştiriciliğinde yeni teknikler öğrendiği için Mooken'in domuz çiftliğini kurmasına yardım etti. Mooken'in yanında ilk tam zamanlı çalışan oldu ve daha sonra on beş işçiyi eğitti ve on yıl içinde şef oldu. Kamyonlar dolusu domuz yavrusu satın almak için Idukki, Wayanad ve Coorg'daki domuz çiftliklerine gittiler. Domuz çiftliği gelişti; Mooken Hindistan'ın dört bir yanındaki pek çok restoran ve otele domuz eti ihraç etti. Araziler ve mallar, arabalar ve kamyonlar satın aldı, Papa'ya elli sentlik bir arazi hediye etti ve üç odalı, mutfaklı ve tuvaletli bir ev inşa etmesine yardım etti. Ama daha sıva yapılmadan babam öldü. Karnataka polisi onu sebepsiz yere dövdü. Onlara göre kamyonun iki hafta önce süresi dolduğu için geçerli bir kirlilik kontrol sertifikası yoktu. Mooken, idam cezasını gerektiren bir suç olmamasına rağmen sertifikayı almayı unutmuş olabilir.

Karnataka polisi çoğu zaman sınır ötesinden gelen kamyon sürücülerine sudan gerekçelerle ağır cezalar veriyordu. İki bin rupi rüşvet istediler ve Papa ödemeyi reddetti. Mooken bu miktarı ödeyecekti çünkü bürokratları ve kilise rahibini çeşitli avantajlar için ikna etmişti, çünkü rüşvet ödemeden bir iş kurmak imkansızdı. Babam işvereninin parasını kurtarmak istedi ve bu da onun acımasız sonunu getirdi. Ufak tefek bir adamdı; narin vücudu polisin sadistçe saldırısına dayanamadı ve ağır yaralarla orada öldü. Kan kusmuştu. Bazı polisler korkunç ve acımasızdı ve birçoğu para kazanmak için insanlık dışı davranıyordu. Onlar için Papa'nın, hakları olduğunu düşündükleri bir teşvik ödemeyi reddettiği için ceza ödemesi gerekiyordu. Tüm ölüm cezaları, gerçek ya da hayali bir hak ihlaliydi. Ancak ölüm cezası alanların bazıları masumdu. İnsanlar sadece kurban için endişeleniyor, birçoğunun suçta parmağı olmayan hükümlü için nadiren kaygılanıyordu. Toplum, sesi çıkmayan bir sanığın masumiyetini nadiren önemsiyordu. Birisi ölmeli ve nihai bedeli ödemeliydi; darağacında ya da polisin elinde öldükten sonra, kimse hayatını kaybeden kişinin masum olup olmadığını doğrulama zahmetine girmedi. Annem babamın kırık kollarını ve bacaklarını görünce ağladı ama parçalanmış karaciğerini, delinmiş ciğerlerini, kalbini ve pankreasını hayal bile edemedi.

Karnataka polisi, deli bir filin Papa'nın bedenini ezdiğine dair bir hikaye uydurdu. Öfkeli hayvan kafese konulamadı. Sadece polisin ve hikayeyi duyanların zihninde dolaştı. Babamın ölümünden sonra bile, annem yaşama dair umutlar ördü.

Umut ve umutsuzluk el ele gidiyordu ve ayrıldıkları zamanları ayırt etmek kolay değildi. Yargıç kararını açıkladığında, umutsuzluk ve beklenti, bir yaşam biçimini kaybetmenin ıstırabı ve yeniyi görme hevesi vardı. Son temyiz başvurusunu kaybettiğinde bile kasvet ve iyimserlik vardı -hücreyi kaybetmenin üzüntüsü ama idam sehpalarını görmenin beklentisi. Darağacında dururken, ıssızlık ve güven olacaktı. Ölüm mutlak bir keyif olacaktı; ilmik sıkılacak ve beden havada sallanacaktı; ceza hukukuna, hapishane personeline ve Padachon'a meydan okuyacaktı. Amira'nın Allah'a meydan okuduğu gibi, Emily de çarmıha gerilmiş kurtarıcısına meydan okuyordu; diğerleri düşüncesi bile ürpertirken o ölümün üstesinden gelebilirdi.

Thoma Kunj sol kulağını yere yakın tutuyordu çünkü sağ kulağı karakolda kanun adamlarının gözaltında kendisine saldırması sonucu duyma yetisini kısmen kaybetmişti.

Thoma Kunj kilitleri açan metal anahtarların gümbürtüsünü duydu. Hücrede çift kilit vardı, altı yıl boyunca çalıştığı hapishanenin demirhanesinde yapılmış iki büyük asma kilit. İki yıl marangozluk yapmış, iki yıl da çiftlikte çalışmıştı. Son temyiz başvurusu reddedildikten sonra, kaçış yollarını kapatmak için çift kilitli bir hücrede tutuldu. Bir yıl boyunca infazın gerçekleşmesini bekledi. Her sabah ayak sesleri ve botların sesi bekleniyordu. Sabah üç ile beş buçuk arası, annemin de dediği gibi, hayatı doyurmak için en acı verici zamanlardı: "Bu sefalet hayatın anlamıdır, ama içinde bir tatmin vardır." Bekleyiş ona umut veriyor ve ciddi ayak seslerini ve küreklerin ağır sesini dinleme hevesi uyandırıyordu.

Başkomiser, iki gardiyan, bir gardiyan ve bir doktorla birlikte yürümenin bir heybeti vardı. Eller arkadan bağlanacaktı. Cumhuriyet Bayramı'nda Janpath'ta olduğu gibi bir geçit töreniydi. Erkek İzcilerin bir üyesi olarak Thoma Kunj da bir keresinde buna katılmıştı. Sekizinci sınıftaydı ve okulundan seçilen tek öğrenciydi. Tek fark, darağacına yürüyüşte bando, müzik ya da atların olmaması ve önceden eğitim gerektirmemesiydi. Thoma Kunj Cumhuriyet Bayramı geçit töreni için üç aylık bir eğitim almıştı; iki ay bölge merkezinde, bir ay da Yeni Delhi'de. Emily o sırada hayattaydı; tüm programı televizyondan izlemişti. Geçit töreninden sonra annesi, Parvathy, George Mooken, öğretmenleri ve arkadaşları için birçok hediye ile eve döndü. Ambika için Kızıl Kale'nin bir kopyası vardı. Emily onunla gurur duyduğu için ona sarıldı. Tüm okul bunu kutladı; o bir kahramandı. Ancak hapishane memurlarının geçit töreni darağacında sona erdi. Genellikle idamlar sabahın erken saatlerinde, saat beş civarında gerçekleşirdi. Aynı darağacında iki ilmik vardı, böylece iki mahkûm aynı anda asılabiliyordu.

Yargıç ölüm cezasını açıklarken, idamın acısız bir ceza olduğunu ve İngilizler tarafından getirilmiş olsa da Hint kültürüne en uygun ceza olduğunu söyledi. Sanki bunu tecrübe etmiş gibi konuşuyordu. Bunu zihninde binlerce kez yaşamış olabilir. İngiliz Raj'ından önce Babürlülerin bir mahkumu idam etmek için çeşitli yöntemleri vardı; bir mahkumun kafasını bir fille ezmek ya da kafasını kılıçla kesmek de buna dahildi, tıpkı Yahudilerin yaşadığı Arap vahasına gece baskını düzenleyen bir grup cahil haydut gibi, öbür dünyalarında yetmiş iki saatlik zevkler için.

Yargıç orta yaşlı bir adamdı. Thoma Kunj kendi yaşına geldiğinde yargıç gibi görünecekti. Yargıcın hafif gri bir sakalı vardı, Thoma Kunj'un ise hücredeyken kirli sakallarını kesemediği için koyu renk bir sakalı vardı. Dava dosyasını gözden geçirip adını okuduktan sonra yargıç ona merakla baktı. Thoma Kunj sanıktı; yargıç onu son duruşmaya kadar hapse gönderdi. Yargıç özgür bir adamdı ve Thoma Kunj tutuklu yargılanmaya başladı.

Hüküm giydiğinde Thoma Kunj fırında çalışıyordu ve en iyi demirciydi. Hapishane müdürü sık sık onun zanaatının Almanlar gibi mükemmel olduğunu söylerdi. Hapishane ocağının başına geçmeden önce, Völklingen'deki bir demirci atölyesinde bir yıl eğitim görmüştü. Thoma Kunj demirhanenin ısısını, sesini ve şekillendirdiği nihai ürünleri seviyordu. Kendisini kilitleyen kilitleri o şekillendiriyordu ve bunun farkındaydı. Annem yemek pişirirken "Geleceğini şekillendiriyorsun, hayatını onunla kilitliyorsun ve anahtarları derin bir vadiye atıyorsun," dedi; yalnız, arkadaşsız, sessiz bırakıldığında hayatın anlamsızlığından bahsediyordu. Thoma Kunj fırının içindeyken onun sözlerini hatırladı ama kilitleri şekillendirmekten memnundu. Hücrenin içinde güvendeydi; bunu biliyordu. Tehlike hücrenin dışındaydı, ceza odası, coplar, zincir ve son olarak darağaçları. "İnsan kaderini kendi seçer," diye düşünüyordu gardiyan. Karma'ya inanıyordu.

Demirhanenin gardiyanı, insanların özgür yaratıldığına ve herkesin özgür iradeye sahip olduğuna inanıyordu; ne isterlerse onu yaparlardı. Yasaları çiğnediklerinde, eylemlerinden sorumlu olacaklar ve cezayı hak edeceklerdi. Ancak o diğer gardiyanlardan farklıydı, çünkü mahkûmları asla kırbaçlamaz ve hatta onlara kötü davranmazdı. Elleri hapishane parası ve mülküyle kirlenmemişti. Buna karşılık, başkomiser ve diğer memurlar serbestçe servet biriktiriyor, bu da demirhane müdürünü hapishanede uyumsuz biri haline getiriyordu. Thoma Kunj ona saygı duyuyordu ama suç konusundaki felsefesinin naif olduğuna karar verdi.

Hapishane müdürü inançlı biriydi ve her gün dua ediyordu. Evinde, yemekhanenin bitişiğinde küçük bir ibadet yeri inşa etmişti; burada karısıyla birlikte fil tanrısı Ganesh'e çiçekler, yanan kandiller ve tütsülerle dua ediyorlardı. Vakratunda Ganesh Mantra'yı okuyarak, putun önünde en az yarım saat geçiriyordu.

İnsanlar sadece sınırlı bir anlamda özgürdü ve geçmişleri, bugünleri ve gelecekleri belirlenmişti, kaçışları yoktu. Ancak herkes zorluklara ve kederlere dayanma, insanlar yakın çevrelerini şekillendirebildikleri için kazanma yeteneğine sahipti. Üç gün süren destansı bir savaştan sonra, yalnız ve yaşlı bir balıkçı denizin ortasında teknesinden çok daha büyük dev bir kılıçbalığı yakaladı. Kılıçbalığını makaraya aldı, bağladı, katamaranının yanına bağladı ve sahile doğru kürek çekti. Köpekbalıkları balığa saldırdı ve balıkçı onlara karşı acımasızca mücadele etti. Kıyıya ulaştığında, balıkçı yakaladığı balığın uzatılmış iskeletini buldu ve insanlar onu izlemek için kalabalıklaştı. O gece rüyasında aslanları görerek uyudu. Annesi hikayeyi anlattı; Thoma Kunj tüm anlamı kavrayamadı. Ama insanların kazanmak için orada olduğunu öğrendi.

Thoma Kunj dindarlığı sevmez ve Tanrı'dan nefret ederdi. Annesinin kendini kilisenin önündeki haça astığı gün, evinin duvarlarındaki İsa'nın kutsal kalbi, Meryem Ana ve azizlerin resimlerini yaktı. Külleri plastik bir torbaya doldurarak George Mooken'in yemeklik gaz üretmek için domuz idrarı topladığı bir çukura attı. Thoma Kunj annesini defnettikten sonra kiliseye gitmeyi bıraktı. Bir daha asla kiliseye gitmeyeceğine, zalim ve narsist bir Tanrı'ya tapmayacağına yemin etti. Razak'ın hikayesi Padachon'un kötü olduğunu doğruluyordu, çünkü insanlar kötü olmayan, her şeye gücü yeten, ebedi bir varlık düşünemiyorlardı.

Her ay en az bir kez, güneş denize battığında ve karanlık ülkeyi sardığında ya da sabahın erken saatlerinde etrafta kimse yokken Emily'nin mezarını ziyaret eder ve hikayelerini annesiyle paylaşırdı.

Thoma Kunj, şefkatin dindarlık ve itaat yaratmak için bir araç olduğunu bildiğinden, şefkatten nefret ederdi. Her Pazar ve bayram günlerinde annesiyle birlikte kiliseye gider, papaz Aramice-Süryanice karışımı Malayalam dilinde dualar okurken ibadet ederdi. Thoma Kunj İncil'i ilk kelimesinden son kelimesine kadar okumuştu ama daha çocukken bile zalim ve kana susamış olan, çocukları ve kadınları öldüren İsrail'in Tanrısından hoşlanmıyordu. Emily ona Eski Ahit'i okumamasını söyledi ama İsa'nın ana karakter olduğu Yeni Ahit'ten öğrenmesi için onu teşvik etti. Ancak İsa'nın gerçekleştirdiği mucizelere, özellikle de Kana'da suyu şaraba dönüştürmesine ve Lazarus'u ölümden diriltmesine inanmayı reddetti. Thoma Kunj bakire doğuma gülüyordu.

Emily'nin ölümünden sonra, İncil hikayelerinin İlyada ve Odysseia, Mahabharata ve Ramayana ya da Arap çölündeki Merhametlilerin büyüsü gibi efsaneler olduğunu anlaması için artık çok geçti. Thoma Kunj bir insan olduğunda Musa ve İbrahim'in Tanrısına sempati duydu.

İncil'in Tanrısı sessiz değildi; Amira'nınki gibi kükreyen bir varlıktı. Gürültü, nefret, duygusal çalkantılar, intikam, şehvet ve Akeem'in kılıcını yarattı.

Akeem Mısırlı kadının kafasını kestiğinde, Merhametli sessizdi. Yeni doğmuş bebekler küçük bez bohçalar içinde Maşrabiye'nin cehennemine atıldığında ve Razak parmakları çürüyen bir bedeni delip geçtikten sonra Padachone diye ağladığında derin bir sükûnet içindeydi. Akeem haremini Malezya'dan Mısır'a, Azerbaycan'dan Pakistan'a bakirelerden oluşturduğunda Yüce Tanrı sessiz kaldı.

Thoma Kunj'un hayatında da Tanrı sessizdi. Babam Virajpet'ten Koottupuzha'ya giderken Karnataka polisi tarafından öldüresiye dövüldüğünde sessizliği yürek parçalayıcıydı. Papaz Emily'yi kilise okuluna süpürgeci olarak atamak için rüşvet talep ettiğinde Tanrı sessiz kaldı, maaşını devlet ödedi. Papaz annemin cesedini kilise mezarlığına gömmek için para istediğinde derin bir sessizliğe büründü.

Sessizlik içseldi; sonsuz bir evreni vardı ve onu gerçekten anlamak için ölmek gerekiyordu. Sınırları yoktu, çünkü kimse onu ölçemez, paylaşamaz ya da hapsedemezdi. Sessizlik asla doluluğuna ulaşamadı, hiçbir şey istememe değerini aştı, bir boşlukta hayal kurma, düşünme ve meditasyon yapma özgürlüğüyle dolup taştı. Döngüsel olarak uyuşuk olan sessizlik, insan varoluşundaki en güçlü varlıktı, her zaman nüfuz eden, sürekli nüfuz eden, ancak görünüşte kokuşmuş. Özünde, büyüklük ve boy olarak büyümek için kendisiyle çelişir, boşluktaki varlığını sorgular, sessizlik tanımlara karşı çıkardı. Sonsuz bir empati ve sersemletici beklentilerle sizi kucaklayabilirdi, kaçması zor bir dokunaçtı. Sessizlik farklı insanlar için farklıydı; değersiz, kimliksiz, kendine zarar veren, çekici, baştan çıkarıcı ve her zaman büyüleyiciydi. Thoma Kunj sessizliğe sessizce girdi ama bir daha geri dönmedi.

Ama sessizlik kötülük için bir çözüm değildi.

Thoma Kunj onun varlığının içinde uyuyarak sakinliğine nüfuz etmeye hazırdı. Kendini söndürmeye duyduğu derin özlemi deneyimlemek için varlığının, duygularının ve nefes alışının özüne defalarca dokunmaya çalışması sinir bozucuydu. Ötesine geçmek, kalp atışlarını ve bilincini içindeki benlikle paylaşmak için ruhunun derinliklerine daldı. Onu saran boşluk, annesi ve babasıyla ilgili keder ve ıstırap hikayeleri anlatan kederli sislerle doluydu. Ama ölüm arzusu hâlâ sessizliğindeydi ve tıpkı Razak'ın Amira'yı elde etme arayışı gibi, ailesine ulaşmak için inançlarının sınırlarını aşıyordu.

On yıl boyunca hapishanenin dört duvarı arasında bir mahkum olarak yaşadı, son temyiz başvurusunun sonucunu bekledi ve on birinci yılda başkomiserin, gardiyanların, gardiyanların ve doktorun onu darağacına götürmesini bekledi. Sabah üçten beş buçuğa kadar, her gün, her saat, her dakika ve her saniye onların ayak seslerini bekledi.

Ve sonunda geldiler.

Hapishane fırınında tasarladığı asma kilide vuran anahtarın sesini duydu. Onu da aynı asma kilitle içeri kilitlediler. Thoma Kunj fırında çalışırken hücresini kilitlemek için kendi kilidini yaptığını biliyordu.

Hücresinde sadece loş bir ampul vardı; düğmesi dışarıdaydı.

Loş ışığın sessizliği vardı.

Gece boyunca sadece yediden sekize kadar ışık vardı. Birisi tarafından yaratılmış bir ışıktı bu. Hayatının son evresinde benliğini bir kenara bırakmış ve varlığının ötesinde var olmuştu. Bu Thoma Kunj için bir çelişki ama bir gerçekti.

"Hayat için ağlamayacaksın, zevkler için can atmayacaksın, bir gelecek düşünmeyeceksin ve geçmişi unutacaksın," diye kendi kendine talimat verdi Thoma Kunj.

"Kendini kaybettiğinde, ilmiği görmezsin, boğazına düğümüne dokunmazsın ve darağaçlarını görmezsin," diye kendini temin etti.

Razak hayal kırıklığının üstesinden gelemedi ve hadım edilişini yeniden yaşadı. Akeem onu sadece bir kez iğdiş etti ama Razak hayatının her dakikasında kendini kısırlaştırdı. Amira, önemsizliğini ve azalan getirilerini anladığı için hayal kırıklığının ötesine geçebildi. Razak'a olan sevgisiyle bir dünya inşa etti; birliktelik, paylaşım ve sıcaklık vizyonu. Onunla seyahat etmeye, sınırlarını istismar etmeden tutkuyla ona sarılmaya, ümmetine olan sevgisini yeniden yaşamaya hazırdı. Amira Razak oldu ama Razak buna hayatıyla karşılık veremedi. Onu Akeem için dünyevi saatlerle, dünyevi bir cennet olan cehennemde bırakmaya hazırdı. Amira'nın sessizliğin tüm engellerini yıkan ve bir mızrağın ulaşabileceği yerin ötesini delen bir aşkı vardı.

Amira cehenneme indi ve bunu yapmaya cesaret etti. Razak'ı aradı ve onunla canlı karşılaşmak ona mutluluk verdi. Amira ölümün üstesinden geldi. Emily ve Amira için sessizlik, korkusuz bir yaşam olduğu gibi, kısıtlamaların olmadığı bir yaşamın varlığıydı. Amira'nın cehenneme gitmekten ve Razak'ı beslemekten korkusu yoktu; Emily ise biyolojik babasının isteklerine rağmen doğmamış çocuğu korumakta cesurdu. Zamanın ötesine, korku ve nefretin dışına yolculuk etti. Emily ve Amira'nın sessizliği sonsuz uzayın ve ebedi sevginin bir görüntüsünü iletti. Annem özgürlüğünün tadını çıkarmak için sessizliğinden vazgeçti, çünkü bir rahibin iftirasına, utancına ve yalanına katlanamazdı.

Yargıcın sessizliği, şeytanın varlığına inandığı ama davranışlarını unuttuğu için önceden belirlenmişti. Avukatken genç bir kadına kürtaj yaptırması için ısrar etmişti. Kadın reddetti ve bir yargıç onun oğlunu darağacına gönderdiğinde kalbinde bir kin tuttu. Davaya duruşmadan önce karar vermişti. Thoma Kunj'u daha annesinin karnındayken mahkum etmişti. Yargıç, bir avukat olarak kendisine birliktelik, arkadaşlık ve mutluluk sağlayacağına söz verdiği bir kadını reddettiği için duyduğu suçluluk duygusu üzerine kara kara düşündü. Bunu yıllarca taşıdı; nadir bir tesadüf olsa da bunu kutladı. Thoma Kunj'a ilmeği takdim etti.

Sessizlik gölgeler yarattı ve Thoma Kunj hücresinde gölgelerle savaştı.

Aniden hücrenin kapısı açıldı ve aralık tutuldu. Başkomiser, ardından iki gardiyan, bir gardiyan ve bir doktor içeri girdi. Memurlar ve gardiyanlar üniformalarıyla dimdik dururken ortalıkta ölüm kokusu vardı. Doktor müftü kıyafetindeydi.

Gardiyan Thoma Kunj'un ellerini arkadan demirlerle bağladı ve kilitledi. Anahtarı Başkomisere teslim etti.

Doktor nabzını ve kalp atışlarını ölçtü ve Thoma Kunj'un genel durumunu teşhis etti. İki dakika içinde soruşturma sona erdi. Sonra tıbbi kayıt defterini aldı ve hükümlünün adını, yaşını, sağlık durumunu, tarihi ve saati yazdı. Bir sonraki paragrafta şöyle yazdı:

"Thomas Kunj, 35 yaşında, asılmaya uygundur." Adını yazdı ve tarih ve saatle birlikte imzaladı.

Doktor kayıt defterini başkomisere verdi. Doktor tarafından yazılan ayrıntıları okudu ve kendi adını yazıp tarih ve saatle birlikte imzaladı.

Ayrıca gardiyanların ve gardiyanın isimlerini de yazarak tarih ve saatle birlikte isimlerinin karşısına imza atmalarını istedi ve emrettiği gibi yaptılar.

"İşlem tamamlandı," dedi başkomiser.

Gardiyanlar öne çıkıp Thoma Kunj'un iki yanında durdular; gardiyan da onun arkasında durdu. Sonra Başkomiser kapıya doğru döndü; doktor onun arkasında duruyordu ve Thoma Kunj da doktorun arkasındaydı. Başkomiser ilerledi; bu darağacına giden ilk adımdı. Yargıç kararı on bir yıl önce vermişti.

Thoma Kunj sessizdi. İdam ilmiğini düşünüyordu.

Hücre

Hücrede beş özgür adam ve bir mahkûm vardı; mahkûm ölene kadar boynundan asılmaya mahkûm edilmişti. Hücre bir metreye sekiz metre boyutlarında penceresiz bir zindandı ve hepsinin sığamayacağı kadar küçüktü. Temiz hava için on iki ayak yukarıda çatıya dokunan havalandırma, duvarın kalınlığı nedeniyle yerden görünmüyordu. Hücrenin duvarları granit kayalar ve çimento ile inşa edilmişti. Malabar'da deniz kıyısında büyük bir kasaba olan bölge merkezinde bulunan hapishanede bu türden yaklaşık yirmi hücre vardı.

Thoma Kunj'un köyü Ayyankunnu, Koottupuzha üzerinden Mysore'a giden devlet karayolu üzerindeki cezaevine yaklaşık elli beş kilometre uzaklıktaydı. Köyünün kuzey ve batı sınırlarında Coorg'dan, yerel dilde Kodagu'dan akan ve Iritty adlı canlı bir kasabaya dokunan bir nehir vardı. Nehir, hapishanenin birkaç kilometre kuzeyindeki Valapattanam yakınlarında Umman Denizi'ne dökülüyordu.

Ergenlik döneminde yüzmek hobisi olduğu için Thama Kunj muson yağmurları sırasında bile pek çok kez nehri geçmişti. Diğer çocuklar nehir kabardığında ve akıntılar ölümcül olduğunda suya atlamaktan korkuyor ya da ilgilenmiyorlardı. On beş yaşındayken Thoma Kunj, ormandan gelen suların sürüklediği yaklaşık altı metre uzunluğundaki büyük bir tahta kütüğü tutmuş ve tek başına yapması zor bir iş olan kıyıya doğru çekerek güvenli bir yere itmişti. Birçok kez bu tür yüzen keresteler Iritty demir köprüsünün ayaklarına çarparak sütunlarına zarar vermiş ya da su akışını engelleyen yapay bir baraj oluşturmuştu.

Ertesi gün bir polis memuru evine gitti ve Thoma Kunj'dan polis müfettişiyle ofisinde buluşmasını istedi. Polis karakoluna vardıklarında memur kaba davrandı ve Thoma Kunj'u orman departmanının malını çalmakla suçladı. Thoma Kunj ona çalmak gibi bir niyeti olmadığını, orman departmanı için saklamak ve ahşap kütüğü nehir kıyısında tutmak istediğini söyledi. Ayrıca, köprünün kolonlarını ciddi hasardan korumaya çalışıyordu. Polis memuru onun gerekçelerini kabul etmeye hazır değildi ve Thoma Kunj polis memurunu masum olduğuna ikna etmek için karakolu yarım düzine kez ziyaret etmek zorunda kaldı. Polis genellikle masum köylülerden para koparmak için bu tür oyunlar oynardı. Bu onun polisle ilk karşılaşmasıydı.

Ergenlik çağından beri babasının Karnataka polisi tarafından dövülerek öldürüldüğünün farkındaydı. Kerala polisi de aynı derecede vahşi ve acımasızdı.

Cezaevi departmanındaki tüm üst düzey memurlar polisti. Ancak başkomiserin altındakiler cezaevi sisteminden geliyordu ve çok sayıda sosyal ve psikolojik sorunu olan hükümlülerle ilgilenen özel eğitimli memurlardı. Bazı gardiyanlar yönetim, sosyal hizmet, klinik psikoloji ve danışmanlık eğitimi almışlardı. Bu eğitimli memurlar mahkumlara karşı çok daha nazik davranıyordu. Demirhane gardiyanı Almanya'da eğitim görmüştü.

Thoma Kunj son itirazını reddetmeden önce demirhanede çalışmış ve yaklaşık elli mahkumun kaldığı ana koğuşta yatmıştı. Böyle beş koğuş vardı ve hücreden nispeten daha yaşanabilirdi.

Hücresinin bir köşesinde bir tuvalet vardı; akan su her sabah ve akşam sadece bir saatliğine mevcuttu. Banyo yapmak, temizlenmek ve su içmek için plastik bir bardak vardı ve Thoma Kunj yere serilmiş bir hasırın üzerinde uyuyordu; yastık ya da karyola yoktu. Vidalı çam bitkilerinin kurumuş yapraklarıyla dokunmuş kilim kaba görünüyordu ve Malabar'daki dere ve su kaynaklarının yakınlarında bu tür bitkiler görmüştü. Ayrıca kadınların çam yapraklarını kesip güneşte kuruttuklarını ve hasır dokuduklarını da görmüştü. Çeşitli kilimler bebekler, çocuklar ve yetişkinler içindi; bazıları yuvarlak kenarlıklı ve renkliydi.

Hücrede beş özgür adam ve bir mahkûm vardı; mahkûm ölene kadar boynundan asılmaya mahkûm edilmişti. Hücre bir metreye sekiz metre boyutlarında penceresiz bir zindandı ve hepsinin sığamayacağı kadar küçüktü. Temiz hava için on iki ayak yukarıda çatıya dokunan havalandırma, duvarın kalınlığı nedeniyle yerden görünmüyordu. Hücrenin duvarları granit kayalar ve çimento ile inşa edilmişti. Malabar'da deniz kıyısında büyük bir kasaba olan bölge merkezinde bulunan hapishanede bu türden yaklaşık yirmi hücre vardı.

Thoma Kunj'un köyü Ayyankunnu, Koottupuzha üzerinden Mysore'a giden devlet karayolu üzerindeki cezaevine yaklaşık elli beş kilometre uzaklıktaydı.

Köyünün kuzey ve batı sınırlarında Coorg'dan, yerel dilde Kodagu'dan akan ve Iritty adlı canlı bir kasabaya dokunan bir nehir vardı. Nehir, hapishanenin birkaç kilometre kuzeyindeki Valapattanam yakınlarında Umman Denizi'ne dökülüyordu.

Ergenlik döneminde yüzmek hobisi olduğu için Thama Kunj muson yağmurları sırasında bile pek çok kez nehri geçmişti. Diğer çocuklar nehir kabardığında ve akıntılar ölümcül olduğunda suya atlamaktan korkuyor ya da ilgilenmiyorlardı. On beş yaşındayken Thoma Kunj, ormandan gelen suların sürüklediği yaklaşık altı metre uzunluğundaki büyük bir tahta kütüğü tutmuş ve tek başına yapması zor bir iş olan kıyıya doğru çekerek güvenli bir yere itmişti. Birçok kez bu tür yüzen teresteler Iritty demir köprüsünün ayaklarına çarparak sütunlarına zarar vermiş ya da su akışını engelleyen yapay bir baraj oluşturmuştu.

Ertesi gün bir polis memuru evine gitti ve Thoma Kunj'dan polis müfettişiyle ofisinde buluşmasını istedi. Polis karakoluna vardıklarında memur kaba davrandı ve Thoma Kunj'u orman departmanının malını çalmakla suçladı. Thoma Kunj ona çalmak gibi bir niyeti olmadığını, orman departmanı için saklamak ve ahşap kütüğü nehir kıyısında tutmak istediğini söyledi. Ayrıca, köprünün kolonlarını ciddi hasardan korumaya çalışıyordu. Polis memuru onun gerekçelerini kabul etmeye hazır değildi ve Thoma Kunj polis memurunu masum olduğuna ikna etmek için karakolu yarım düzine kez ziyaret etmek zorunda kaldı. Polis genellikle masum köylülerden para koparmak için bu tür oyunlar oynardı. Bu onun polisle ilk karşılaşmasıydı.

Ergenlik çağından beri babasının Karnataka polisi tarafından dövülerek öldürüldüğünün farkındaydı. Kerala polisi de aynı derecede vahşi ve acımasızdı.

Cezaevi departmanındaki tüm üst düzey memurlar polisti. Ancak başkomiserin altındakiler cezaevi sisteminden geliyordu ve çok sayıda sosyal ve psikolojik sorunu olan hükümlülerle ilgilenen özel eğitimli memurlardı. Bazı gardiyanlar yönetim, sosyal hizmet, klinik psikoloji ve danışmanlık eğitimi almışlardı. Bu eğitimli memurlar mahkumlara karşı çok daha nazik davranıyordu. Demirhane gardiyanı Almanya'da eğitim görmüştü.

Thoma Kunj son itirazını reddetmeden önce demirhanede çalışmış ve yaklaşık elli mahkumun kaldığı ana koğuşta yatmıştı. Böyle beş koğuş vardı ve hücreden nispeten daha yaşanabilirdi.

Hücresinin bir köşesinde bir tuvalet vardı; akan su her sabah ve akşam sadece bir saatliğine mevcuttu. Banyo yapmak, temizlenmek ve su içmek için plastik bir bardak vardı ve Thoma Kunj yere serilmiş bir hasırın üzerinde uyuyordu; yastık ya da karyola yoktu. Vidalı çam bitkilerinin kurumuş yapraklarıyla dokunmuş kilim kaba görünüyordu ve Malabar'daki dere ve su kaynaklarının yakınlarında bu tür bitkiler görmüştü. Ayrıca kadınların çam yapraklarını kesip güneşte kuruttuklarını ve hasır dokuduklarını da görmüştü.

Çeşitli kilimler bebekler, çocuklar ve yetişkinler içindi; bazıları yuvarlak kenarlıklı ve renkliydi.

Thoma Kunj kare hücrelerin neden mahkumlar için olduğunu hiç bilmiyordu. Bir keresinde bir koğuşta, bir gardiyandan mahkumlar için kare hücrelerin bir İngiliz geleneği olduğunu, çünkü bu tür hücrelerde intihar oranlarının daha az olduğunu duymuştu. Bunun bir nedeni, kare şeklinde bir hücrede yürümek ve zıplamak için sınırlı alan olmasıydı. Ayrıca, zihin için diğer şekillerden daha rahatlatıcıydı. Daire ya da oval şekilli bir hücredeki mahkumlar, kare şeklindeki bir hücredeki mahkumlara göre çok daha hızlı zihinsel gerilim ve halüsinasyon geliştiriyordu. İngilizlerin hipotezleri vardı; bazıları hala önseziydi, doğrulanmış teoriler değildi. 1869'da Malabar'da bir hapishane inşa ettiklerinde, İngiliz Hindistan'ındaki diğer hapishanelerden, özellikle de Madras'tan edindikleri deneyimleri uygulamaya çalıştılar.

Hücre zemini, Batı Ghats'taki devasa granit tepelerinden elde edilen büyük granit levhalarla döşenmişti. George Mooken'in evi Mysore'dan gelen cilalı granit levhalar ve Coorg'dan gelen kaba granit avlu ile döşenmişti. Babam Madikeri'den yarı cilalı granit almıştı.

İngiliz ceza hukuku, hapishane hücresinde zeminin bir mahkûmun hayatı gibi sert olmasını gerektiriyordu. Jeremy Bentham'ın ahlaki düşüncelerine dayanan kural kitabı, hükümlüler için aşırı cezalar öneriyordu. Rasyonalistlere göre suç özgür iradeyle alınan bir karardı, çünkü tüm insanlar özgür iradeyle yaratılmıştı ve bireyler hazzı en üst düzeye çıkaracak ve acıyı en aza indirecek şekilde hareket ediyordu. Suçu ortadan kaldıracak tek çare caydırıcı cezalardı. Yine de, Mezopotamya'daki Hammurabi'den uyarlanan Majestelerinin Ceza Adalet Sisteminde "göze göz, dişe diş" benzeri bir intikam uygulaması açıktı. Başlangıçta sadece iki kategoride hapishane personeline ihtiyaç vardı: hapishane bekçisi ve cellat.

Thoma Kunj ne Hammurabi'yi ne de Bentham'ı duymuştu ama onların intikamcı, caydırıcı ve hazcı ceza hukuku sistemleri yüzünden çok acı çekmişti. Bir mahkum çektiği acının bir Mezopotamya hükümdarının ve bir İngiliz faydacısının çılgınca inançlarından kaynaklandığını asla bilemezdi. Majestelerinin ceza adaleti yönetimi, Hammurabi'nin diktelerine dayandığı için milyonlarca mahkuma acı ve sefalet hediye etti. İngilizler Mezopotamya hükümdarını açıkça kabul etmekte tereddüt etseler de, suçun sosyal, psikolojik ve biyolojik öncülleri hakkındaki belirsizliği ve cehaleti Malabar'ın ücra bir köşesinde Thoma Kunj'u yaralayan ahlakçı Bentham'ın faydacı kavramlarını gururla benimsediler, çünkü bağımsız bir Hindistan, geçmiş yıllardaki efendilerinin mantıksız tuhaflıklarını kölece benimsemişti.

Thoma Kunj neden acı çektiğini anlamıyordu, bu da zevk-acı ilkesi adı verilen bir öneriden kaynaklanıyordu ve ceza suçluya acı çektirmekten ibaretti. O hiçbir zaman zevk almak için yasaları kasten çiğnememişti; masumdu. İki buçuk asır önce İngiltere'de yaşamış bir vaiz onun kaderine karar verdi. Thalassery'de parlak bir söz ustası olan bir yargıç, sıradan bir hukuk fakültesinde ezberlediği Bentham'ın öğretilerini kabul ederek onu darağacında ölüme mahkûm etti. O da caydırıcılık ilkesinin bir hayranıydı ve zevkler içindeki kaçamaklarını unutmuştu. Yargıç hedonizmin ötesini düşünemezdi; zihni buna göre şekillenmişti. Hukuk kitapları ona başkalarına acı çektiren kişileri cezalandırma yetkisi veriyordu ve yargıç, İngilizler tarafından kurulan ve insan davranışları hakkında bilgi sahibi olmayan bir sistemin parçasıydı. Yargıç Thoma Kunj'u suçlu olduğu için değil, genç bir avukatın istenmeyen çocuğu olduğu için cezalandırdı. Yargıcın zihni, bebeğini aldırmayı reddeden bir kadın tarafından önceden belirlenmişti ve Thoma Kunj bu suçluluğun ürünüydü. Yargıç, uzak Kochi'de genç bir avukat olarak o kadına ve çocuğuna acı çektirerek elde ettiği zevkleri unutmuştu.

Hücrenin iki ayak genişliğinde çimento çerçeveli bir açıklığı vardı ve kapı dışarıdan takılmıştı, içeriden kapı kolu yoktu; içeriden açılamıyordu.

Hücredeki ilk günlerde Thoma Kunj hayal gücüyle hücre duvarına annesinin resimlerini çizdi. İlk başta sadece bir resim vardı, ancak yavaş yavaş daha fazlasını yarattı ve bir hafta içinde dört duvarı annesinin gülümseyen yüzüyle doldurdu. Görüntüler ikinci haftadaki eylemlere aitti: Annesi yemek pişiriyor, çalışıyor, süpürüyor, konuşuyor, yemek yiyor ya da çamaşır yıkıyordu. Sonra babasının resimlerini ekledi. Anne ve babasının resimlerini renklendirdi ve onları çeşitli başlıklar, aşk hikayeleri, aksiyon filmleri, gerilim filmleri, suç dedektifleri ve tarihi filmlerle bir filme dönüştürdü. Annem, tacı ve akan kraliyet elbiseleriyle yılların kraliçelerini oynadı ve babam her zaman onun yanındaydı. Hiçbir zaman kötü adamı değil, kadın kahraman ve erkek kahramanı oynadılar. Filmlerini yönetmek, üretmek, düzenlemek, yayınlamak ve izlemek zaman alıyordu; haftalar ve aylar geçiyordu ve Thoma Kunj yorulmadan çalışıyor ve yarattıklarından keyif alıyordu.

Duvarları dört bölüme ayırdı ve manzaralar çizmeye başladı: tepeler, nehirler, vadiler, ormanlar, otlaklar, hayvanlar, kuşlar, tarım arazileri, hindistancevizi, jackfruits, mango, muz ağaçları, meyveli kahve çalıları ve ananas gibi meyve ağaçları. Onları mutlulukla izledi ve günlerce, haftalarca etraflarında dolaştı. Ağaçlarına sarıldı, onlarla durmadan konuştu ve onları kesmeyeceğine yemin etti. Ağaçlar canlı, büyüleyici ve güçlüydü ve yamaçlarda, nehir kıyılarında, vadilerde ve otlakların sınırlarında duruyordu. Thoma Kunj için ağaçlar yeryüzündeki en güzel yaratıklardı ve ağaçsız bir dünya hayal edemezdi. Onun hayal dünyasında yüzlerce çeşit ağaç, sütunlu ağaçlar, açık başlı ağaçlar, ağlayan ağaçlar, sarkık ağaçlar, hızlı ağaçlar, vazo şeklinde ağaçlar ve yatay ağaçlar vardı. Ayrıca koşan, zıplayan, uyuyan, gülen, dans eden ve şarkı söyleyen ağaçlar da vardı. Hepsi eşsiz, güzel ve sevimliydi. Tüm çeşitlerin olağanüstü çiçekleri, meyveleri ve tohumları vardı. Birbirleriyle ve evrenle iletişim kurabildiklerini ve sevinçlerini, endişelerini ve üzüntülerini hayretle ifade edebildiklerini gördü. Ağaçların eşsiz yaprakları onu hayrete düşürdü; bazıları bir iğnenin başı kadar küçük, bazıları ise bir filin kulaklarından daha büyüktü,

Muson mevsimi geldiğinde ağaçlar yağmurda dans eder; kışın kalın battaniyelerin altında vücutlarını örterek uyur; yazın yeni yapraklar ve çiçekler beklentiyle ortaya çıkar, meyveler olgunlaşır ve hayvanları ve kuşları gölgelerinin altında ve dallarında ziyafet çekmeye davet ederlerdi. Ağaçlar gezegendeki en özverili varlıklardı ve kendileri de dahil olmak üzere tüm zenginliklerini başkalarına armağan ederlerdi.

Thoma Kunj dört yaşındayken babasını taklit ederek arazilerinin köşelerine birkaç jackfruit ve mango tohumu ekti. Dört yıl içinde çiçekler açtı ve bol miktarda tatlı jackfruit ve mango oldu. Sevinçle dans etti ve George Mooken'in karısı Parvathy'ye bir jackfruit ve bir sepet dolusu mango hediye etti. Parvathy Thoma Kunj'a sevgiyle sarıldı ve Bangalore'dan getirdiği yün bir ceketi ona sundu. George Mooken olgunlaşmış jackfruit ve mangoların tadına baktıktan sonra Thoma Kunj'u ziyaret etti ve Kurien ile birlikte jackfruit ve mango ağaçlarını görmeye gitti, onlara dokundu ve sevincini dile getirdi. George Mooken ve Parvathy ağaçları çok severdi ve çiftliklerine farklı ülkelerden getirdikleri yüzlerce çeşit ağaç dikmişlerdi. O gün George Mooken Thoma Kunj'a görkemli bir çalışma masası ve sandalye hediye etti; masanın tablası tek parça maundan, kenar çubukları tik ağacından, çekmeceler ve ayaklar ise gül ağacından yapılmıştı; kombinasyon müthiş görünüyordu. Sandalye gül ağacındandı ve Thoma Kunj her ikisine de değer veriyordu.

Thoma Kunj başka bir duvarda tarım arazileri yarattı; küçük kerpiç evler, oynayan çocuklar ve çeltik tarlalarında çalışan kadın ve erkekler gerçeküstü ama huzurlu görünüyordu. Okullar, oyun alanları, öğrenciler ve öğretmenlerle dolu sınıflar vardı. Onun hayal dünyasında gezegen yeşil ve güzeldi. Acı, ıstırap ya da hastalık yoktu. Annesi ve babası sürekli oradaydı.

Sevdiği adamla evlenmek için babasını ve Coorg'daki zengin kahve plantasyonunu terk eden George Mooken ve Parvathy'nin evini resmetti. Ağustos 1972'de yirmi dört yaşındaki Parvathy, kendisini günlerce kahve çalılarının altında bekleyen yirmi beş yaşındaki Mooken ile birlikte kaçtı. George Mooken, Deva Moily'nin malikanesinden Ayyankunnu'daki küçük evine Batı Ghats'ı geçerken onu omuzlarında taşıdı. Sabahın üçünden gecenin sekizine kadar Sahyadri'nin doğu yamaçlarındaki kahve plantasyonlarından, hayvanların görkemli bir şekilde dolaştığı sık yağmur ormanlarından ve dağın batı yamacındaki kauçuk ve kaju ağacı plantasyonlarından geçti. Parvathy plantasyon yönetimi alanında yüksek lisansını yeni tamamlamıştı.

Parvathy'nin babası, karabiber asmalarıyla kaplı uzun ağaçların bulunduğu iki yüz dönümlük bir kahve arazisine sahipti. Babası Deva Moily, Coorg'un en varlıklı kişilerinden biriydi; orduda albay olan tek oğlu 1965 Hindistan-Pakistan Savaşı'nda öldü.

George Mooken, Pant Nagar'daki bir üniversitenin tarım ve hayvancılık bölümünden mezun olmuştu. Coorg'da zencefil yetiştirmek için elli dönümlük bir araziyi kiralamış ve her gün işçilerle birlikte çalışmıştır. Zencefil ekimi Parvathy'nin kahve tarlasının yakınındaydı. Parvathy yakındaki tarlalara yaptığı bir ziyarette, tarım işçileriyle birlikte çalışan yeni bir çiftçi gördü; arabasını durdurdu, bölgeye gitti ve George Mooken ile bir görüşme başlattı. Bu aydınlatıcı bir konuşmaydı ve Parvathy çiftçinin tarım ve hayvancılık konusunda dinamik, pratik fikirlerle dolu eğitimli bir adam olduğunu fark etti. Sohbetleri her gün devam etti ve destanlar, romanlar, kısa öyküler ve insan psikolojisi de dahil olmak üzere güneşin altındaki her şey hakkında konuştular. Parvathy'nin çiftçi arkadaşına duyduğu hayranlığın sınırı yoktu. Bu saygı aşka dönüştü ve George Mooken da ona hevesle ve açık yüreklilikle karşılık verdi. Ona Coorg'daki diğer kahve arazilerine kadar eşlik etti ve aynı akşam geri döndüler. Bu geziler yoğun ve açıklayıcıydı; birbirlerini, kişiliklerini, yeteneklerini, kapasitelerini ve dezavantajlarını öğrendiler. Fikirlerini ve hipotezlerini paylaştılar ve etraflarında ateşli bir umut ve arzu dünyası inşa ettiler.

Parvathy ve George Mooken birbirlerine aşık oldular ve hayatlarının geri kalanını birlikte geçirmeye karar verdiler. Kızı için pek çok planı olan babasını ikna etmek imkânsızdı. Kızının bu kararı karşısında telaşlanan ve incinen Deva Moily günlerce öfke içinde kaldı ve Brahmagiri tepesindeki granit kayalar gibi sertleşti. Parvathy, Deva Moily'ye haber vermeden George Mooken ile kaçmaya karar verdi.

Thoma Kunj duvardaki George Mooken ve Parvathy resmine baktı ve onların ölene kadar birlikte olma hedeflerine ulaşma konusundaki azimlerine hayran kaldı. Thoma Kunj da Ambika'ya karşı böyle bir sevgi hissediyordu; ona olan tutkusunu uzun süre koruduğunu düşünüyordu. Her şey sekizinci sınıftayken başlamıştı. Ama aylarca dile getirilmemişti ve Ambika bundan söz ettiğinde, kısa ömürlü olacağını bilmeden bunu kutluyorlardı.

Bazı günler Thoma Kunj hiçbir şey yapmadan boş boş oturuyordu ve yapacak hiçbir şey yoktu. Aktif zihni dinleniyordu. Hapishanede geçirdiği on bir yılı, Razak'la tanıştığı hapishane çiftliğinde çalışmasını düşündü. Sonra marangozlukta çeşitli işler öğrendi ve aletlerin seslerini ve ahşap kokularını sevdi. Her ahşabın farklı bir kokusu vardı ve en hoş koku tik, gül ağacı ve jackfruit ağaçlarınınkiydi. Tik ağacı suya ve beyaz karıncaya dayanıklı, yoğun ama hafif bir yapıya sahipti. Çoğu mobilya tik ağacından yapılırdı ve yüksek talep görürdü. Gül ağacı nadiren bulunurdu ve kahverengimsi veya kırmızımsı tonu ve daha koyu damarlarıyla ağaçların kralı olarak bilinirdi. George Mooken'ın evindeki tüm dolaplar ve duvar dolapları gül ağacındandı, çünkü gül ağacı zarif, seçkin ve muhteşem damarları nedeniyle cilalama gerektirmiyordu. Gülağacı yüzlerce yıl dayanmıştır. Anjili adı verilen jackfruit ağacı ve yabani jack zarif ve görkemliydi. Sheesham ağacı nadir bulunan ama zarif görünümlüydü.

Thoma Kunj, ölüm cezasına karşı yaptığı itiraz başarılı olursa bir marangoz dükkânı açmayı düşünüyordu.

Müebbet hapis cezasını çektikten sonra köyüne dönecekti; marangozluğu, ahşap işçiliğinde en son teknikleri ve yöntemleri öğrendiği için çok sayıda müşteri çekecekti. Razak'a Ayyankunnu ya da Ponnani'de buluşacaklarını ve hapishane hayatlarına karşı kazandıkları zaferi kutlayacaklarını ve anacaklarını bildirirdi.

Tedavi, düzeltme, beceri geliştirme, istihdam, danışmanlık, sosyal hizmet ve mahkumların rehabilitasyonu Fransız Rönesansı'nın bir sonucudur. Sosyoloji, psikoloji, insan davranışları, danışmanlık ve sosyal hizmet alanlarındaki araştırma bulguları hapishane görevlilerini aydınlanmaya ve mahkumların refahı için çalışmaya yöneltmiştir. Ancak hiçbir sosyal hizmet uzmanı, danışman ya da insan hakları aktivisti Thoma Kunj'u düşünmek için orada değildi, çünkü onun ailesi, akrabaları ya da arkadaşları yoktu ve politikacılarla da bir ilişkisi yoktu. Sessizdi, reddedilmişti, unutulmuştu ve bir turta köpeği gibi istismar edilmişti. Okulu ondan uzaklaştı, kilise ona zihinsel işkence yaptı, toplum onu kötüye kullandı ve bir yargıç hayatındaki gizli ama kalıcı bir utancı ortadan kaldırmak için ona idam cezası verdi. George Mooken ve Parvathy kızlarıyla birlikte ABD'de kaldılar ve Thoma Kunj onların empatisini ve yakınlığını sonsuza dek özledi. Ayyankunnu'daki malikanelerini terk etmiş ya da Thoma Kunj'u sonsuza dek unutmuş olabilirlerdi, zira Thoma Kunj'u duymuş olsalardı onu hapishanede en az bir kez ziyaret edeceklerinden emindi. Ama Thoma Kunj sık sık bilincinde Parvathy ve George Mooken'in görüntülerini taşıyordu ve onlardan haberdar olmamak ona acı veriyordu. Thoma Kunj onlar kadar fedakâr insanlarla hiç karşılaşmamıştı, yoksa Parvathy ve George Mooken kalbinde bir sır olarak kaldığı için onları anlayamayabilirdi.

Thoma Kunj samimiyet ve bağlılık diye bir şey olmadığını öğrendi; insanlar ödüllerini, zevklerini ve çıkarlarını arıyorlardı. İnsanlar bencildi. Açgözlü bir avukat Emily'yi hamile bıraktı ve yargıç olduğunda oğluna ölüm cezası verdi. Bencil yurt müdürü bir politikacının oğlunu kötü şöhretten korudu; genç bir adamın geleceğini, bir milletvekilini, bakanı, valiyi, cumhurbaşkanını, ülkenin başbakanını ve hatta bir yargıcı korumak istedi. Thoma Kunj sadece bir işçiydi, domuz ahırında çalışan, hızlı büyüsünler ve George Mooken'a daha fazla servet kazandırsınlar diye domuzları kısırlaştıran meçhul bir adamdı.

Aşk sadece anlamı olmayan bir kelimeydi, yankıları sonsuz görünüyordu ama ani bir sarsıntıyla, bir sihirbazın ip numaraları gibi kayboldu. İnsanlar aşklarını öldürmeyi sevdiler, daha sonra ondan nefret ettiler, onu ortadan kaldırmak için durmadan düşündüler ve bir zamanlar kalplerine yakın tuttukları aşkı ortadan kaldırmak için karmaşık planlar yaptılar ve günlerce, aylarca ve yıllarca birlikte nefret ettiler. Aşk, kişinin sevdiği kişiyi ele geçirdikçe acı, ıstırap, sefalet, itibarsızlık ve çatışmalar getirdi. Aşkta özgürlük yoktu; sahip olmak onun nihai işaretiydi. Akim cariyelerini seviyordu ve onlara sahip olmak için bir çanta dolusu para ödedi, ama onlardan nefret ettiğinde kafalarını kesmekte tereddüt etmedi. İbrahim, Tanrısını memnun etmek için biricik oğlu İshak'ı kurban etmek istedi ve Tanrı da insanları sevgiyle yarattıktan sonra onların kanını almak istedi. Kendisini memnun etmeyi reddedenleri sonsuz cehenneme attı. Aşk bir efsaneydi, tıpkı bir tanrı gibi.

Thoma Kunj bu dünyada yalnızdı, hadım edilmiş Razak ya da yaralı bir bizon yavrusu gibi. Yırtıcı bir hayvan onu kolayca fark edebilir ve üzerine atlayabilirdi. Tek bir anneden doğmuş, reddedilmiş bir buzağı gibi refakatsizdi.

Domuzları kısırlaştırıyordu; domuz yavrularını bıçağından koruyacak kimse yoktu ve onları iğdiş ederek geçimini sağlıyordu. Akeem'in Razak'ı kısırlaştırması gerekiyordu, çünkü sadece kısırlaştırılmış bir Razak cariyelerine garsonluk yapabilirdi. Razak'ı kendisiyle birlikte olmaya ikna etti ve Razak'ın başka seçeneği yoktu; Akeem'den ve onun Maşrabiya'sından habersizdi. Razak'ın özgürlüğü yoktu; Arabistan'da, uçsuz bucaksız çölün ortasında yaralı bir deve yavrusu gibi yapayalnızdı. Razak'ın hayatta kalabilmesi için erkekliğini kaybetmesi gerekiyordu ve Akeem Razak'ın zayıf noktasının testisleri olduğunu biliyordu. Tanrı, tanrı olmak için üstün testislere sahipti ve bunu insanlara vermeyi reddetti; aksi takdirde insanlar Tanrı'yı hadım ederdi. Akeem'i ve dünyanın dört bir yanındaki milyonlarca insanı saat ve şarapla kandırdı, böylece onu övmek için cennete girdiler.

Merhametli, houris'ten nefret ederdi, bu yüzden onları testisleri olmadan yarattı. Houris olmadan kimse cennete gidemezdi ve Yüce Olan'ı övecek kimse yoktu. Saatiler olmadan cennet de olmazdı.

Diğer duvarda Thoma Kunj, İbrahim'in, Musa'nın, İshak'ın ve Yakup'un Tanrısını resmetti ama Tanrı'dan nefret etti. Maaşını devletin ödediği, kilise tarafından işletilen bir okulda Mama'yı süpürgeci olarak atamak için rüşvet isteyen kilise rahibinin Tanrısı olan İsa'nın Tanrısı'na hakaret etti. Papaz yardımcısı bir Pazar günü verdiği vaazda Mama'ya "veshya" dedi ve Thoma Kunj papaz yardımcısının Tanrısından nefret ederek testisleri olan bir papaz yardımcısı yarattı. Papaz, Mama'yı kilise mezarlığına gömmeyi reddettiğinde Tanrı'ya olan nefreti sınırsız hale geldi. George Mooken papaza rüşvet verdi ve Papa'yı gömdükleri aynı mezarlıkta bir parça bataklık teklif etti.

Resimlerde Tanrı ve kilise papazı birbirine benziyordu. Sonra Thoma Kunj, Lucifer ile Cehennem'i resmetti ve Lucifer Tanrı'ya benziyordu; o Tanrı'ydı.

Hücre minyatür bir cehennemdi ve ilmik cehennemin girişindeydi.

Hücreden tuzağa giden geçit dardı ve iki tarafı da yüksek duvarlarla çevriliydi. Pek çok kişi elleri arkadan zincirlenmiş halde buradan geçti. Bir yargıcın isteklerini yerine getirmek için darağacına götürülüyorlardı, çünkü tüm kararlar arzular olarak filizleniyordu. Thoma Kunj henüz o geçitten geçmemişti ve geçtiğinde bu onun son yolculuğu olacaktı. Tüm cezaların ötesine ulaştığında, cellat ilmiği boğazına bir düğümle geçirdikten sonra hiç kimse, bir yargıç bile onu cezalandıramazdı. Hiç kimse intikam ya da caydırıcılık uygulayamazdı ve o ilk kez özgür bir adam olacaktı. Bu dünyada kimse özgür değildi, çünkü herkes varoluşun yükünü taşıyordu. Thoma Kunj annesinden kendisini yaratmasını istememişti. Doğduktan sonra, yaratıldığını biliyordu. İnsan özgürlüğü bir efsaneydi, ahlakçılar tarafından yaratılmış bir masaldı ve onlar bu masalı, arzularını ve halüsinasyonlarını güçlendiren sahte bir ego ile herkese aşıladılar. Bunu mazlum, ezilen, boyun eğdirilen ve güçsüz olan diğerlerine uyguladılar. Ölüm cezası seçilmiş bir azınlığın benlik imajını güçlendirdi ve onlar da saatlerce bunun getirileri hakkında vaaz vererek kendi öz değerlerini artırdılar. Thoma Kunj kim olduğunu bildiği için kendini yüceltmeye çalışmadı; bir domuz ağılında çalışıyordu ve bunu herkes biliyordu. Annesi bir süpürgeciydi, babası domuz ağılında çalışıyordu ve o da babasının adımlarını takip etti.

Son duvara domuz resimleri çizdi. Gökyüzüne, güneşe, aya ve yıldızlara hiç bakmayan yarı açık gözleriyle sevimli görünüyorlardı. Hepsi gizliydi ve domuzlar onları göremiyordu; onlar için var değillerdi. Bir şey, biri onu bildiğinde var olurdu. Domuzların tanrısı yoktu; tüm tanrılar domuzlardan nefret ederdi ve domuzlar bir tanrıyı kabul etmeyi reddettiler. Onlar için Tanrı diye bir şey yoktu. Thoma Kunj domuzların arasına yüzünü çizdi ve bir domuza benzedi ve kendini mutlu hissetti.

Tanrı altıncı günde Adem'i kendi suretinde yarattı ve o da mutlu oldu. Thoma Kunj yeni Adem'di.

Thoma Kunj sevimli domuz yavrularını, annelerini ve babalarını resmetmekten mutluydu. Domuz yavruları ciyaklıyor ve sevinçle zıplıyorlardı çünkü anneleri ve babaları özgür oldukları için çok mutluydular. George Mooken'in domuz çiftliğinde, domuzlar iki ya da üç haftalık olduklarında kısırlaştırılıyordu ve her ay kısırlaştırma için yaklaşık yirmi domuz yavrusu bulunuyordu. Yaklaşık kırk dişi domuz için iki domuz ve yılda yaklaşık dört yüz domuz yavrusu vardı. İyi beslenen bir dişi domuzun hamileliği üç ay üç gün sürüyor ve her hamilelikten sekiz ila on iki domuz yavrusu dünyaya geliyordu.

Bir domuzun hayatı, son başarısı ya da ödülü olan mezbahada sona ererdi. Ancak domuzlar asla suç işlemez ve Razak'ın Akeem'e itaat ettiği gibi efendilerine itaat ederlerdi ve Mısırlı doxy de Akeem'e boyun eğerdi. Yine de Akeem onun başını kesti ve Padachon onu sorgulamadı.

Duvarın üzerindeki Thoma Kunj domuz ahırında mezbaha yoktu ve domuzlar özgürlüklerini kutluyorlardı. Seçkinler gibi şarkı söyleyip dans etmediler. Tombul yüzleriyle birbirlerine dokunarak ve sevgi gösterilerinde bulunarak başkalarıyla tanışmaktan duydukları sevinci ifade ediyorlardı. Bu samimiyeti, özel şenliği takdir eden Thoma Kunj da onlara katıldı ve onları hadım ettiği için af diledi. Korkunç ve kabul edilemez bir şey yaptığını, işlediği tek suçun bu olduğunu biliyordu. Ancak domuz yavruları intikamcı değildi; ona caydırıcı bir ceza vermediler. Onlara kendisini terk etmemeleri için yalvardı ve onlar da ona eşlik edişlerini viyaklayarak kutladılar.

Domuzlar homurdanarak etrafta dolaşıyor, Thoma Kunj'a dokunuyorlardı çünkü kafalarını kesecek bir giyotin olmadığı için mutluydular ve Thoma Kunj da darağacı olmadığı için heyecanlıydı. Korku yoktu, aşağılayıcı yorumlar yoktu ve duvardaki domuzları heyecanlıydı ve iletişim için beden dilini ve çeşitli homurtuları kullanıyorlardı. Yumuşak ve yüksek homurtular vardı; her biri yiyecek ya da hoş bir arkadaş beklentisinin işareti olarak farklı bir anlam taşıyordu. Sert bir öksürük sesi domuzun sinirli ya da kızgın olduğunu gösterirken, bir domuz üzgün ya da kederli olduğunda mırıldanarak gözyaşı döküyordu.

Domuz çiftliği açıldığında, George Mooken domuz yavrularıyla dans etti, onları omuzlarına aldı, Parvathy'yi taşırken bacakları boynunun önünde çıkıntı yaptı. Ağustos 1972'deydi ve şiddetli yağmur yağıyordu. Onu boynunun arkasına yerleştirdi, kahve tarlasından yürüdü ve Batı Ghats'ı tırmanarak köyüne doğru yaklaşık otuz kilometre gitti. George Mooken Coorg'da zencefil yetiştiriciliği yapan genç bir adamdı; iklimi daha uygun olduğu için elde ettiği ürün Ayyankunnu'daki köyünden çok daha fazlaydı. Ailesi 1947 yılında Pala'dan göç etti ve George aynı yıl doğdu. Kardeşi yoktu ve anne babası George onuncu sınıftayken sıtma nedeniyle öldü.

Parvathy'nin babası Deva Moily, kızının başka bir eyaletten gelen, farklı bir dine mensup olan ve farklı bir dil konuşan, Corgi olmayan bir adamla evlenmesine karşıydı. Parvathy'nin, her yıl uluslararası kahve şirketlerine milyonlarca rupi kahve çekirdeği satan, gelişen kahve arazisinin başına geçmesini planlıyordu. Oğlunun ölümünden sonra Deva Moily depresif bir adamdı ve Parvathy'yi Lakshman Rekha, yani parlak çizgi kuralını aşmaya cesaret ederse onu vuracağı konusunda uyardı. Babası ve büyükbabası gibi yarbay olan Deva Moily de İkinci Dünya Savaşı sırasında İngiliz ordusunda görev yapmıştır. Burma'da Japonlara karşı savaşmış, sağ bacağını kaybetmiş ve Coorg'a dönüp kahve arazisini kurmadan önce Kalküta'da bir askeri hastanede altı ay geçirmiştir. Çok sayıda silahı vardı ve domuz avlamak onun hobisiydi.

Mooken dört gün boyunca kahve arazisinde saklandı ve son gün sabah üç sularında Moily malikânesinin duvarından atladı. Parvathy'nin söylediği gibi, dış kapı muhafızları uyukluyordu; uyuşturulmuşlardı. Bahçe içindeki uzun patikadan yürüdü ve evin etrafında dolaşan muhafızların da uyuşturulmuş olacağını biliyordu. İçeride kapısı kilitli olmayan bir müştemilat vardı ve Mooken buraya gürültüsüzce girdi. Başka bir koridor burayı ana binaya bağlıyordu.

Köpekler derin uykudaydı, Deva Moily ve hizmetçiler de öyle.

George Mooken malikâneye girdi; Parvathy onu yatak odasının girişinde bekliyordu. Bacakları zincirlenmişti ve ancak kısa adımlar atarak yürüyebiliyordu. Mooken onu kaldırdı ve büyük bir domuz yavrusu gibi boynuna doladı. Parvathy'nin sırt çantasında biraz yiyecek ve su vardı.

Yerleşkenin duvarından atlamak zordu; aşması yarım saatten fazla sürdü. Sonra Mooken kahve arazisinden geçerek ormana doğru ilerledi. Deva Moily'nin malikânesinden yaklaşık üç kilometre ötede, tepelerin hemen altındaki kayalıklara vardıklarında saat dört buçuk olmuştu bile. Sarsıntıların arkasında dinlendikten sonra Mooken, Parvathy'nin ayak bileğindeki demiri kesmek için sırt çantasından elektrikli testereyi çıkardı. Ama kırılması çok zordu.

On dakika içinde Parvathy'yi omuzlarına alarak tırmanmaya başladılar; her dem yeşil çalıların olduğu dik tepeler vardı ve bir saat sonra sık bir orman ortaya çıktı. Mooken, yaban domuzlarını ve bizonları vurmak için oraya buraya saklanan avcıların izlediği yolu seçmemişti. Tırmanış zorluydu ve Parvathy derin bir sessizlik içindeydi. George Mooken durup tırmanmadı, cılız ağaçları tuttu ve büyük ağaçların arkasına saklandı. Kayalardan Kerala sınırına ulaşmak için yaklaşık altı kilometre tırmanması ve yaklaşık sekiz kilometre inmesi, oradan da Attayoli'ye yaklaşık dört kilometre ve ardından köydeki evine dört kilometre gitmesi gerekiyordu. Bir saat içinde güneşin ilk ışıklarını arkasında hissedebiliyor, bir saat daha tırmanabiliyordu. Parvathy sırt çantasını açarken bir kaya ile büyük bir ağacın arasında dinlendiler.

Kahvaltıda Akki Otti, pirinç unuyla pişirilmiş pilavdan yapılan mayasız gözleme, yengeç, körili yumuşak bambu filizi, fırında muson mantarı ve kızarmış domuz eti vardı. Çantasındaki su şişesi susuzluklarını giderdi. Saat yedide, Parvathy George Mooken'ın sırtına dolanmış halde tekrar yola koyuldular. Saat sekiz buçukta kendilerinden yaklaşık yüz metre ötedeki bambuların arasında yalnız bir fil gördüler ve bir ağacın arkasına saklandılar. Yaklaşık yarım saat sonra fil bir dereye doğru tırmandı ve Mooken tırmanışına devam etti. Bir saat içinde, biraz ilerilerinde yollarını kesen buzağılarıyla bir grup bizonla karşılaştılar. Bir kez daha durdular ve bir ağaca doğru eğildiler. Kısa bir süre sonra bazı sesler duydular.

"Avcılar var," diye mırıldandı Parvathy kulağına.

"Onları görebiliyorum," dedi George Mooken.

Bir yaban domuzu sürüsünü kovalıyorlardı ve bağırıyorlardı, dört erkek ve bir kadın ve hepsinin silahları vardı.

"Coorg'da yaban domuzu avlamak yaygındır; erkekler ve kadınlar ava gider. Bütün gece çalılıklarda ve ormanın içinde olurlar," dedi Parvathy usulca.

"Yaban domuzundan elde edilen domuz eti lezzetlidir," dedi George.

"Sırt çantamda biraz var," diye fısıldadı Parvathy.

Avcılar uzaktayken tırmanmaya başladılar. Zirveye ulaştıklarında George nefes nefese kalmıştı. Saat on bir yirmi olmuştu. Bir süre dinlendiler ve su içtiler. Parvathy'nin çantasında muz cipsi vardı ve bir süre onları atıştırdılar.

Aşağı inmek yukarı çıkmaktan daha zordu, çünkü George dengesini korumak zorundaydı. Bazen Parvathy'nin omuzlarında olması dengeyi korumak için bir nimetti. Daha fazla ağaç, bambu ve akarsu vardı. Daha fazla yağış ve sık bitki örtüsü nedeniyle dağın batı yamaçlarında daha fazla büyük hayvan dolaşıyordu ve yavrularıyla birlikte gruplar halindeki filler bu tür ortamları tercih ediyordu. Bir kara ayı tehlikeli bir şekilde yakınlarında belirdi ve Mooken belindeki tabancasını çıkardı.

Öğleden sonra bir sularında iki büyük kayanın arasında dinlendiler. Parvathy'nin sırt çantasında birkaç küçük paket vardı; buharda pişirilmiş pirinç topları, Pandi Curry adı verilen yaban domuzu eti, Noolputtu olarak bilinen pişmiş ince pirinç şeritleri ve tavuk kızartması. Yaklaşık yirmi dakika sonra yağmur ormanından aşağı doğru tırmanmaya devam ettiler ve yolda Nilgai adı verilen çok sayıda antilop ve Chital veya Pulliman olarak bilinen benekli geyik vardı. Parvathy, bir kaplan rezervi olan Nagarhole Ulusal Parkı'nın kuzey çeperinde olduklarını fısıldadı.

Orman gri langur, kaplan, tembel ayı ve fil gibi kuşlar ve hayvanlarla canlıydı ve George Mooken dikkatli adımlarla yürüyordu. Parvathy onun sırtında kaldı ve dengesini dikkatle korudu. Mooken aşağı inmek için bambu bir sırık kullanmaya başladı çünkü uzun bir mesafe tehlikeli derecede dikti. Akşam dört sularında Kerala sınırına ve çiftçilerin ilk yerleşim yerleri olan Attayoli'ye en az bir saatlik yürüyüşle ulaştılar. Orman o kadar sıktı ki güneşi görmek imkânsızdı ama George Mooken bunu tahmin ediyordu. Yarım saat içinde pitonların, kobraların, firavun farelerinin ve tavus kuşlarının bulunduğu çalılık alana ulaştılar; aniden güneşi tam önlerinde, batı ufkunun biraz üzerinde görebildiler.

Attayoli muhteşemdi. Yaklaşık üç kilometre ötedeki kilisenin çan kuleleri güneşte parlıyordu ve manzara muazzamdı. Evler, okullar, hastaneler, kiliseler, tapınaklar ve camiler arasında her yer yeşillikti. Yaklaşık altmış beş kilometre ötede Umman Denizi mavi bir sisle sarılmış olarak belirdi.

Güneş denize batmaya başladı ve karanlık her yere nüfuz etti. George Mooken, Angadikadavu pazarından dönen çiftçilerden kaçınmak için dar bir yol seçti.

"Paru, bak, evimiz kilisenin yaklaşık beş yüz metre batısında," dedi Mooken ağır adımlarla yürürken.

"Kiliseyi görebiliyorum," dedi Parvathy. "Buradan sonrası ne kadar sürer?"

"Kırk dakika içinde evde oluruz," diye yanıtladı Mooken.

Geniş bir kaju tarlasında bir süre dinlendiler ve sonra Mooken hızlı adımlarla yürüdü. Onları halka göstermeden eve varmak için sabırsızlanıyordu. Hiç çalılık olmayan bir kauçuk arazisine girdiler ve yürüyüş kolaylaştı. Kilisenin yanındaki hindistancevizi tarlası hafifçe bataklıktı. Karanlık, kahve arazisinin içindeki muson bulutları gibi her yere yayılmıştı. Parvathy el fenerini yaktı ve Mooken bir sonraki adımını nereye atacağını görebildi. Eve vardıklarında saat sekiz on beş civarındaydı.

"Paru, eve geldik," dedi George heyecanla. Derin çarpıntısı gözle görülebiliyordu.

"George," diye seslendi Parvathy ve ona sarıldı.

"Benimle geldiğin için teşekkür ederim canım. Hayatımıza birlikte başladık bile. Güvenin için seni seviyorum," dedi Mooken onun yanaklarından öperek.

"Sevgin için teşekkür etmeme izin ver; Batı Ghats'a tırmanarak, tehlikeli vahşi hayvanların arasında zorlu arazilerden geçerek yaklaşık otuz kilometre yürüdün. Bu günü ölene kadar hatırlayacağız ve çocuklarımıza aşkımızın anısına bu günü kutlamalarını söyleyeceğiz," dedi Parvathi.

"Evet, Paru'm. Birlikte fethettik; soğukkanlılıkla ilerleyeceğiz," diye yanıtladı Mooken.

Parvathy'yi içeri götürdü ve elektrikli bir testereyle zinciri her iki ayak bileğinden kesti.

Parvathy demirin kırık parçalarını alarak, "Bunu karşılaştığımız esaretin, katlandığımız mücadelenin, onu kırmak için gösterdiğimiz kararlılığın, birbirimize olan güvenimizin ve sonsuz aşkımızın bir anısı olarak saklayalım," dedi.

İki yatak odası, geniş bir oturma odası ve ekli bir yemek salonu olan bir mutfağı olan küçük bir evdi. Akşam yemeğini birlikte pişiriyorlardı.

Paru ve George ertesi gün evliliklerini tartıştılar ve Mooken bir Hindu düğününü tercih ettiğini söyledi.

Parvathy, "George, ben kilisede düğün yapmak istiyorum; kilise rahibiyle konuşup bir tarih belirleyelim," diyerek arzusunu dile getirdi.

"Paru, senin mutluluğun benim de mutluluğumdur," dedi Mooken, Parvathy'ye sarılarak.

Akşam kiliseye gittiler, bölge rahibiyle görüştüler ve ertesi gün için nikâhı ayarladılar. Mooken tören ve parti için yakın komşularından on kişiyi davet etti.

Parvathy Mysore ipeğinden bir saree, George ise kırmızı kravatlı gri takım elbisesini giydi. Tören basitti ve parti onların evindeydi.

Akşam dört sularında, aniden evlerinin avlusunda bir uğultu koptu. Yaklaşık on cip ve yetmiş beş kadar adam içlerinden fırladı ve bir bizonun etrafını saran dağ kurtları gibi evin etrafını sardı. Hepsinin elinde silahlar vardı.

Sonra Deva Moily elinde bir tabancayla oturma odasına girdi. "Parvathy!" diye gürledi. Mysore Hayvanat Bahçesi'ndeki yaralı bir kaplanın kükremesi gibiydi.

George, Moily'nin önünde secdeye kapanarak, "Parvathy'm yerine beni öldür," diye yalvardı.

Moily çizmeleriyle George'un yüzünü tekmeledi.

"Seni alçak, kızımı benden çalmaya nasıl cüret edersin," diye bağırdı Moily, silahını Mooken'e doğrultarak.

"Baba, lütfen beni affet!" Babasının önünde diz çökmüş olan Parvathy'ydi. Ellerini babasının bacaklarına doladı ve inledi.

Moily hareketsiz durdu. Parvathy Mysore ipek sarisini giymişti ve Moily her zaman ipek sariler giyen ve beş yıl önce bir ayı saldırısı sonucu ölen karısı Sobhana'yı hatırladı.

"Sobhana," diye bağırdı Moily, tabancasını fırlatarak. Kızını omuzlarından tutup kaldırdı ve ona sarıldı. "Parvathy, bunu asla yapamazdım," dedi Moily ve bir çocuk gibi ağladı.

"Bütün çocuklarını iki yaşına gelir gelmez Coorg'a gönder. Benim gözetimim altında büyüyecekler; onları Mysore ve Bangalore'daki en iyi okullarda ve kolejlerde eğiteceğim. Onlar size ait değil, sadece bana aitler. Benim servetimi miras alacaklar. Bu koşullar altında bu adamın hayatını bağışlıyorum," diye kükredi Moily, silahını Mooken'e doğrultarak.

Parvathy, "Evet baba, kabul ediyorum," dedi.

"Mülke hoş geldiniz ama bu adam oraya asla adım atmamalı. Bu bir emirdir," dedi Moily ileri doğru yürümeden önce.

Parvathy, "O halde oraya asla gitmeyeceğim," diye cevap verdi.

Parvathy ve George Mooken özgürlüklerini evlerinin sessizliğinde kutladılar. Kadın planlamalarında titizdi ve kocasıyla uzun tartışmalar yaptı.

On dönümlük araziye daha iyi verim veren kauçuk fidanları, on beş dönümlük yamaçlara kaju ve beş dönümlük araziye de hindistan cevizi ağaçları diktiler. Çeşitli mango, jackfruit ve diğer meyve ağaçları vardı.

Nehir kenarında geliştirdikleri büyükbaş hayvan barınağı, Munnar'dan beş Jersey ineği, Güney Canara'dan üç Kahverengi Sahiwal ineği ve iki Haryanvi mandası ile en moderniydi. Kutch, Rajasthan ve UP'den gelen keçiler her altı ayda bir çoğalıyor ve kümes hayvanları çiftliği gelişiyordu.

Ahırın yanında üç dönümlük bir arazi domuz çiftliği için ayrılmıştı.

George Mooken ve Parvathi her yıl bir ay boyunca tatillerini yurtdışında geçiriyorlardı ve on beş yıl içinde Avrupa ve Amerika'daki tüm ülkeleri ziyaret etmişlerdi. Mooken'in ziyaretleri sırasında ilgi alanı hayvancılık ve tarımdı. Parvathy, Ayyankunnu'daki çiftliklerinde dikmek üzere İskandinavya, Doğu ve Batı Avrupa, Kanada, ABD ve Latin Amerika ülkelerinden ağaç tohumları topladı.

Evlendikten bir yıl sonra bir çocukları dünyaya geldi ve Parvathy ile George ona Anupriya adını verdiler. Üçüncü doğum gününde Deva Moily çocuğu almak üzere Ayyankunnu'ya iki hemşire ve iki güvenlik görevlisi gönderdi. Ailesi acı içinde ağladı ama bebeği büyükbabasına göndermek zorunda kaldı. Anupriya Coorg'da büyüdü ve Deva Moily'nin avlusunda oynadı. Ailesini tamamen unuttu ve Malayalam dilinde tek bir kelime bile bilmeden yerel Kodagu, Kannada ve İngilizceyi akıcı bir şekilde öğrendi. Anupriya, derslerin Kannada ve İngilizce olduğu Mysore'daki en iyi okullarda okudu. Parvathy ve George Mooken kızlarıyla konuşma fırsatını hiç bulamadılar. Düzenli olarak Mysore'a gider ve Anupriya'nın okulunun kapısında durup kızlarına bakarlardı. Ancak Anupriya için anne ve babası birer yabancıydı.

Parvathy ve George evliliklerinden sonraki on yıl içinde yeni bir ev, bir malikane inşa ettiler.

Anupriya'nın doğumundan on beş yıl sonra Parvathy ve George Mooken'in Anupama adında bir çocukları daha oldu. Anupama'nın üçüncü doğum gününde, Coorg'dan iki hemşire ve iki güvenlik görevlisiyle birlikte bir cip geldi. Parvathy ve George Mooken yüksek sesle ağladılar ve cipin peşinden birkaç kilometre koştular. Anupama büyükbabasının malikanesinde günlerce ağlamaya başladı ve yemek yemeyi reddetti.

Anupama bir hafta içinde ailesiyle birlikte olması için Ayyankunnu'ya geri gönderildi. Hemşireler ve muhafızlar sekizinci gün tekrar geldiler ve Anupama'yı büyükbabasına götürdüler. Anupama ağlamayı bırakmış olsa da iki hafta boyunca ateş ve öksürükten muzdaripti. Bir kez daha Parvathy'ye geri gönderildi ve on beş gün sonra hemşireler ve muhafızlar onu almaya geldi. Anupama üçüncü kez üç ay boyunca büyükbabasının yanında kaldı ama huysuz, yalnız ve üzgündü. Moily ailesinin bir parçası olmayı reddetti. Anupama Ayyankunnu'ya geri gönderildi ve bir sonraki doğum gününe kadar ailesinin yanında kaldı. Dördüncü doğum gününde, hemşireler ve gardiyanlar bir kez daha ortaya çıktı. İsteksiz olsa da Anupama maiyetle birlikte gitmek zorunda kaldı. Kısa süre sonra, sitenin yakınındaki bir anaokuluna kabul edildi ve her gün

Deva Moily ona eşlik ederek dersler bitene kadar yanında kaldı.

Bu arada Anupriya, kahve plantasyonu yönetimi alanında yüksek lisansını tamamladıktan sonra büyükbabasının kahve arazisine CEO olarak katıldı. Beş yıl içinde kahve plantasyonunu üç yüz dönüm daha genişletti. Coorg'un farklı bölgelerindeki kahve arazilerinin hisselerini satın aldı, benzer düşünen kahve arazisi sahipleriyle bir konsorsiyum oluşturdu ve Coorg'daki kahve çekirdeği kırma tesisi için yeterli kahve tohumu tedarik etmek üzere bir İsviçre şirketiyle anlaşma imzaladı. Büyükbabası Anupriya ile gurur duyuyor ve ona sık sık büyükannesi kadar güzel ve zeki olduğunu söylüyordu.

Anupama okul günlerinde ayda bir kez ailesini ziyaret eder ve Kodagu, Kannada ve İngilizcenin yanı sıra Malayalam dilinde okuma yazma öğrenir. Onlarla birlikte kiliseye gitti, koroya katıldı ve Noel'de ilahi söyleyen birçok aileyi ziyaret etti. Anupama Mysore'da okula gitti ve hafta sonları Ayyankunnu'ya gittikten sonra ailesinin yanında kaldı. Anne ve babasına hayrandı ve her zaman onlarla birlikte olmayı severdi.

Bir akşam Anupriya aniden Ayyankunnu'da ortaya çıktı. İlk kez oradaydı ve Parvathy ile George Mooken daha önce onunla hiç konuşma fırsatı bulamadıkları için onu tanımakta zorlandılar. Anupriya Parvathy'ye evliliğini büyükbabasının ayarladığını ve damadın orduda görevli bir subay olduğunu söyledi. Büyükbabası ona ilk kez annesinin kocasıyla birlikte Malabar'ın ücra bir köşesinde kaldığını söyledi.

Anupriya da annesini düğüne davet etmek için oradaydı.

"Baban da burada; yalnız değilim," dedi Parvathy Anupriya'ya.

"Böyle bir herifle nasıl kaçarsın?" diye bağırdı Anupriya.

"Ne cüretle babana küfredersin, lanet olası sürtük!" Parvathy, Anupriya'nın yüzüne bir tokat atarak bağırdı.

Ağzından kan sızıyordu.

"O senin baban. O olmasaydı sen doğamazdın; evimden defol, bir daha asla geri gelme," diye kükreyen Parvathy, Anupriya'yı kovdu.

Anupama ortaokulu bitirdikten sonra IIT Madras'a katıldı ve ailesiyle birlikte tatillerinde birçok ülkeyi ve ünlü üniversiteleri ziyaret etti.

Anupama ve Anupriya birbirlerine yabancıydılar ve büyükbabaları onları arkadaş yapmak için elinden geleni yapsa da birbirleriyle konuşmayı hiç umursamadılar.

Mezun olduktan sonra Anupama ABD'ye gitti ve Yapay Zeka alanında yüksek lisans yapmak için bir Ivy League üniversitesine katıldı. İki yıl içinde Kaliforniya'daki bir üniversitede mikrosistem mühendisliği alanında doktora yapmak üzere kayıt yaptırdı. Parvathy ve George Mooken her altı ayda bir kızlarını ziyaret ediyor ve Anupama onlara eşlik etmekten büyük keyif alıyordu. Tanınmış bir şirkette işe girdiğinde, Anupama ailesini ABD'ye göç etmeye ve onunla kalmaya davet etti ve Parvathy ve George Mooken için bu davet cazipti. Çok geçmeden Anupama, birçok ülkede şubeleri olan son derece başarılı bir girişime dönüşen start-up'ını kurdu. Parvathy ve George Mooken yaşlılıklarını kızlarıyla birlikte geçirmek için ABD'ye gitmeye karar verdi. Thoma Kunj'dan yokluklarında ya da onlar dönene kadar mülklerine kendi mülkleri gibi bakmasını istediler ve kararlarını tüm çalışanlara bildirdiler.

Thoma Kunj şaşkınlık içinde duvarındaki Parvathy'nin resmine baktı. Cesurdu ve hayatının her anında kocasına derin bir aşkla bağlıydı. George Mooken şanslı bir adamdı; cehennemi yaşadı ve onu değerli bir taş gibi omuzlarında evine taşıdı. Onun yürümesine izin vermedi ve asla arkasına bakmadı. Ama Orpheus o kadar şanslı değildi; sevgili karısı Eurydice'yi yaşayanların dünyasına geri getirmek için Cehennem'e gitti. Hades, Eurydice'in Yeraltı Dünyası'ndan çıkarken onu arkasından takip etmesi ve Orpheus'un son kapıyı geçene kadar dönüp ona bakmaması şartıyla kabul etti. Orpheus dış kapıdan çıkar çıkmaz arkasına dönüp Eurydice'nin yüzüne baktı. Ama ne yazık ki, o henüz ölüler diyarının sınırını geçmemişti; sonsuz ölümün içinde kayboldu.

George Mooken bilgeydi, sevgilisini taşıyordu ve geriye bakmasına gerek yoktu. Parvathy tek bir beden ve tek bir ruh olarak hep onunla birlikteydi.

Ancak Thoma Kunj bilge değildi çünkü sessizliği seçti ve kendini savunmayı reddetti. Başkalarının suçlarını omuzlarında taşıdı. Uçurumun sonunda ilmik onu bekliyordu.

Müfettiş çoktan hücrenin dışına çıkmıştı. Thoma Kunj iki yanında gardiyanlar, arkasında gardiyanla birlikte onu takip etti; geçit töreni başladı.

Geçit Töreni

Geçit töreni darağacına kadar uzanan uzun bir koridora giriyordu. Bu türden iki giriş şeridi vardı; biri asılacak mahkûm için, diğeri ise doğru mahkûmun ölüm cezasına çarptırıldığını doğrulamak ve hükümete rapor etmek üzere idama tanıklık eden ileri gelenler, bölge yargıcı ya da hükümet tarafından atanan bir bürokrat içindi. Yol birbirine benziyordu ama amaç farklıydı ama belirsiz değildi. Eşraf farklı geçmişlerden geliyordu ve algılanan tehditleri ortadan kaldırarak kendilerini koruyan yasaları dayatıyorlardı. Onlar Hammurabi ve Bentham'ın soyundan geliyorlardı.

Yasayı yapanlar onun karanlık dehlizlerinden kaçtılar. Yasalar sessizlere, güçsüzlere, ezilenlere, boyun eğdirilenlere ve koyu tenlilere intikam ve cezalandırma ile sert davrandı. Gücü elinde bulunduranlar diğerlerini susturdu. Thoma Kunj sessizdi; ne ailesi, ne akrabaları, ne arkadaşları ne de Tanrı'sı vardı. Reddedilmiş bir adamdı, yalnızdı ama açık sözlüydü.

Cumhuriyet Bayramı geçit töreninde Hindistan Cumhurbaşkanı olarak Thoma Kunj geçit töreninin merkezinde yer aldı.

Cezaevi personelinin ağır ayak sesleri dışında sessiz bir geçit töreniydi.

Thoma Kunj ayakkabı giyme özgürlüğünü kaybettiği için yalınayaktı. Korkusu, umudu ya da nefreti olmadığı için gardiyanlardan destek almadan yürüyordu. Birçok başka durumda, gardiyanlar mahkumları taşımak zorunda kaldı çünkü birçoğu bayıldı; bazıları yürümeyi reddetti, sanki adım atmayı reddederek ilmik engellenebilirmiş gibi. Birçoğu yüksek sesle ağlayabilir, feryat edebilir veya ağıt yakabilirdi; bazıları kaderi kabullenemez, Pentekostal bir vaiz gibi tutarsız bir dilde bağırır ve Tanrı'nın merhameti ve müdahalesi için yalvarırdı. Birkaçı korkudan idrarını yaptı.

Son mücadele, ilmikten kaçarak nefesini kurtarmaktı, ancak darağaçları kaçınılmaz bir gerçekti; ondan çıkış yoktu.

Hayatın gerçeklerini olduğu gibi kabul eden Thoma Kunj, üzüntülerin ve acıların üstesinden geldi.

Yargıcı ikna etmek pek mantıklı değildi, çünkü o zaten davaya karar vermişti. Duruşma düzmeceydi ve tanıkların anlatmak için hazırlanmış bir metne sahip olduğunu fark etti. Thoma Kunj daha önce altı tanıktan sadece üçünü görmüştü.

Thoma Kunj yanlış bir şey yapmadığı için beraat edeceğinden emindi ve yargıç onun suçsuzluğunu duruşmadan önce bile anlayacaktı. Olaylar çok basit ve açıktı. Thoma Kunj öğleden sonra üç sularında pansiyona gitti; bu onun ilk ziyaretiydi. Bisikletini park yerine park ettikten sonra ana girişe doğru yürüdü ve çağrı ziline bastı. Bir görevli belirdi; elli ya da elli beş yaşlarında olabilirdi; Thoma Kunj ona pansiyon müdürünün sızıntı yapan boruyu tamir etmesi için kendisini çağırdığını söyledi. Ona George Mooken'in domuz çiftliğinden geldiğini ve Mooken'in acil bir tesisat işi için pansiyona gitmesi gerekip gerekmediğini sorduğunu anlattı. Görevli onu, ofisi girişin yanında olan pansiyon müdürüne götürdü. Odanın girişinde durdu ve görevli kapıyı çaldı; bir süre sonra müdür kapısını açtı ve dışarı çıktı. Thoma Kunj ciddi görünen müdüre hikâyesini tekrarladı. Uzun boylu, zayıf, gözlüklü bir kadındı; gri saçları belirginleşmişti. Müdür, üç katlı yurt binalarının terasında yapılan işin niteliğini açıkladı. Sızıntı, su deposuna bağlanan borudan kaynaklanıyordu.

Yurt müdürü görevliyi Thoma Kunj'u binanın terasına götürmesi için yönlendirdi. Merdivenleri tırmandılar; bina en az otuz yıllıktı ve biraz eski püskü ve kirliydi. Thoma Kunj görevliyi takip etti. Merdivenlerin sonunda bir kapı vardı; görevli kapıyı açtı ve Thoma Kunj ile görevli çatık kaşlı ve düzensiz bir terasa girdiler; terasın bir köşesinde su deposu vardı.

Su deposu laterit kahverengi taş bloklardan ve çimentodan yapılmıştı; sıvası birçok yerden soyulmuş ve taşlar açığa çıkmıştı. Ancak sızıntı ciddi boyutlarda değildi ve acil bir tamirat gerekmiyordu; boru hattı bağlantılarından sadece birkaç damla su görünüyordu. Pansiyonun tesisatçısının bunu göreceğinden emindi.

Thoma Kunj yarım saat içinde işi bitirdi ve sızıntı tamamen durdu. On dört yaşında domuz çiftliğine katılır katılmaz, çoğunlukla domuz yavrularını kısırlaştırmak için, ek gelir için George Mooken'in birçok binasında tesisat ve elektrik işleri yapmaya başladı. Ama daha önce hiç tesisat ya da elektrik işi yapmak için başka bir yere gitmemişti ve ilk kez tesisat işi yapmak için dışarı çıkıyordu. Yurda gitmesinin tek nedeni George Mooken'ın reddedemeyeceği talimatıydı. Thoma Kunj, Parvathy ve George Mooken'in aynı gün öğleden sonra belirsiz bir süre için kızlarının yanına Amerika'ya gideceklerini biliyordu. Bir önceki gün Thoma Kunj'u evlerine çağırmışlar ve akşam yemeği sırasında, onlar dönene kadar mülklerine göz kulak olmasını istemişlerdi. Bu, kızları Anupama ile birlikte olacakları ve yaşlılıklarında Ayyankunnu'ya dönme ihtimallerinin çok az olduğu anlamına geliyordu. Parvathy ve George Mooken kapalı bir zarfı Thoma Kunj'a vererek içinde vasiyetname, yani ölümlerinden sonra mülkün Thoma Kunj'a ait olacağına dair kayıtlı bir yasal belge olduğunu söylediler. Eve ulaşan Thoma Kunj zarfı çelik dolabında sakladı.

İşini tamamladıktan sonra terastan aşağıya baktı. Yurdun en az dört dönümlük, çalılıklar ve sarmaşıklarla dolu geniş bir arazisi vardı. Yurdun önündeki bahçe de aynı derecede bakımsızdı. Thalassery yakınlarındaki bir kaju fıstığı fabrikasında gördüğü atılmış bacalar gibi, orada burada yapraksız birkaç yaşlı ya da ölü hindistan cevizi ağacı vardı. Tüm yerleşke şeytani görünüyordu ve Thoma Kunj kadınların orada nasıl rahat ve huzurlu bir şekilde kalabildiğini merak ediyordu. Ana binadan yaklaşık yirmi metre ötede, çalıların gölgelediği ve sarmaşıklarla kaplı bir kuyu vardı. Thoma Kunj terastan pansiyon binasının dışındaki zemine inen demir bir merdiven fark etti.

Görevli Thoma Kunj'u beklemedi; ona haber vermeden çoktan gitmişti. Gezinti yolundan kapıyı açtı ve merdivenlerden tek başına indi. Pansiyon neredeyse boştu ve her yerde mezarlıktaki gibi bir sessizlik vardı. Pansiyoncular kısa bir tatil için gitmiş olmalıydı. Binanın fiziksel durumu hakkında çok kötü hissediyordu çünkü sıvalar birçok yerde soyulmuştu ve muson yağmurları sırasında suyun yayılması büyük şeytani resimlerle duvarlarda görülebiliyordu.

Thoma Kunj yurt müdürünün ofisine döndüğünde, ondan su seviyesini ve kuyuya daldırılmış su pompasının konumunu incelemesini istedi. Kuyuya bakarak bunu doğrulayabilirdi ve kuyuyu inceledikten sonra geri dönebileceğini söylediği için bu isteği Thoma Kunj ya da pansiyon için herhangi bir amaca hizmet etmedi. Kadının neden kendisinden su miktarı ve pompanın yeri hakkında bir rapor almak istemediğini merak ediyordu. Ayrıca, yaptığı iş için ona ödeme yapmamıştı ki bu da ona alışılmadık gelmişti. Bunun nedeni doğrudan George Mooken ile temasa geçip ödemeyi yapmış olması olabilir. Ancak Parvathy ve Mooken öğleden sonra Doha ve Washington Dulles Uluslararası Havaalanı'na uçmak üzere Calicut Havaalanı'na doğru yola çıkmışlardı bile. Uzun bir süre Anupama'nın yanında kalacaklardı.

Bir önceki gün olduğu gibi, Mooken bir hafta önce Thoma Kunj'u aramış ve yokluğunda mallarına göz kulak olmasını, hesapları tutmasını, işçilere ödeme yapmasını ve ahırlar ve domuz ahırı da dahil olmak üzere çiftliğin işlerini denetlemesini istemişti. Ne zaman dışarı çıksalar, Thoma Kunj tüm işlerini yönetiyordu. Bu büyük bir sorumluluktu ve Thoma Kunj işi konusunda George Mooken ve Parvathy'ye karşı dürüsttü. Ona güveniyorlardı ve onun için bazı planları vardı.

Kuyuyu binanın terasından gördüğü için, su seviyesini öğrenmek ve içme suyunu üstteki depoya basan su pompasının yerini tespit etmek için tek başına gitti. Bir iç koridordan ve mutfağın yanından avluya açılan bir kapıdan geçti. Kuyunun yanında harap bir tulumba evi vardı.

Thoma Kunj kuyunun yuvarlak duvarına yaslandı. Laterit taş bloklar tehlikeli bir şekilde sallanıyordu; birçok taş kuyuya düşmüştü ve bazıları da yerdeydi. Muson mevsiminin zirvesinde olduğu için kuyuda bol miktarda su vardı ve ona dokunabileceğini düşündü; sağ elini kuyunun içine uzattı. Ama su daha aşağıdaydı. Eğildiğinde, birkaç taş suya düştü ve öyle yüksek bir ses çıkardı ki kulübedeki köpek yüksek sesle havlamaya başladı. Mutfaktaki aşçı dışarı koştu ve gürültüye üzüldüğü yüzünden okunuyordu.

"Ne oldu? Kuyuya bir şey mi düştü?" diye sordu.

"Birkaç taş düşmüş," dedi Thoma Kunj.

"O zaman neden kuyuya doğru eğiliyorsun?" diye tekrar sordu.

Thoma Kunj hafif bir utançla, "Suyun derinliğini ve batan pompanın yerini öğrenmek için kuyuya bakıyorum," diye cevap verdi.

"Hayır, sana inanamıyorum," diyerek Thoma Kunj'un yanına geldi ve kuyunun içine baktı.

"Sana doğruyu söyledim," dedi Thoma Kunj. Ona verdiği açıklamanın oldukça aptalca olduğunu biliyordu.

"Ağır bir şeydi; su hâlâ kaldırma kuvvetine sahip," dedi.

"Neden bana inanmıyorsun?" diye sordu Thoma Kunj.

Birkaç dakika Thoma Kunj'a baktı ve geri döndü.

Kuyunun iç duvarının içinde çalılıklar ve sarmaşıklar vardı. En az yirmi metre derinliğinde su olduğu için daldırılmış pompanın konumunu görmek imkânsızdı. Thoma Kunj orada iki dakika geçirdikten sonra park yerine doğru yürüdü. Pansiyonun girişindeki pencereden kendisini izleyen bir yüz gördü ama bu kişiyi tanıyamadı. Thoma Kunj bisikletini çalıştırdı ve dışarı çıktı.

Ancak kadın ondan şüphelendiği için Thoma Kunj kendini çok kötü hissetti. Suya başka bir şey düştüğü için yalan söylediğini düşünmüş olabilir.

Duruşmanın ilk gününde hakim Thoma Kunj'a kendisini savunacak bir avukatı olup olmadığını sordu. O da avukat tutacak parası olmadığını söyledi. Bir süre durakladıktan sonra davanın çok basit olduğunu, açıklayabileceğini ve bir avukata ihtiyacı olmadığını söyledi. Ayrıca, savunma yapmakla da ilgilenmiyordu.

Hakim, mahkemenin kendisini korumak için ücretsiz bir avukat atayabileceğini söyledi. Thoma Kunj bir kez daha hakime gerçeği açıklayabileceğini çünkü kendisini savunmaya inanmadığını söyledi. Bu dünyada herkes birbirini savunmalıdır.

Thoma Kunj, hakime tam olarak ne olduğunu açıklayabileceğini düşündüğü için mahkemede savunma kelimesinin anlamına hiç önem vermedi. Savcının Hint Ceza Kanunu, Ceza Muhakemeleri Usulü Kanunu ve Delil Yasası uyarınca olaya ilişkin çeşitli sorular soracağını umursamadı. Thoma Kunj bunun gerçeğe dayalı değil, kanıta dayalı bir yargılama olduğundan habersizdi. Savcı, gerçeği ya da tam olarak ne olduğunu değil, tanıkların verdiği kanıtlara dayanarak ona karşı tecavüz ve cinayet suçlamalarında bulunabilirdi.

Thoma Kunj Appu'yu, Thoma Kunj'un müdürün odasında gördüğü fiziksel işkenceyi ve Emily'nin adına hiçbir durumda kendini savunmayacağına dair ettiği yemini düşündü. Müdürün odasındaki sorgulama ile bir ceza mahkemesindeki kanıta dayalı yargılamanın iki ayrı gerçeklik olduğunu umursamıyordu. Bir mahkemede, bazı olaylar doğru olsalar bile kanıttan yoksundu ve kimse bunu inkar edemez, ancak kanıt olarak başarısız olabilirdi. Dolayısıyla, bir mahkemedeki yargılama sırasında gerçek reddedilebilirdi. Olaylar ya doğruydu ya da yanlıştı ve tartışma yoktu. Thoma Kunj'un dünyasında sadece gerçek olaylar vardı ve yanlışlık var olamayacağı için yanlış olaylar da olamazdı. Onun için yaşananlar gerçekti ve doğruluğu tüm denemelerin ötesindeydi.

Günlerce süren yargılamadan sonra yargıç kararını açıkladığında, Thoma Kunj bunun adil olmayan bir yargılama olduğunu ve kararın sahte olduğunu fark etti. Mahkemeye göre kanıt, ortaya çıkarılan gerçeklerin dışında var olamazdı; görülmeli, duyulmalı, dokunulmalı, tadılmalı ya da koklanmalıydı. Bir kişinin ormanda var olmayan bir çiçeği bilmediğini varsayalım. Thoma Kunj gerçekliğin yeni tanımı olan post-truth'u öğrendiğinde şaşırmıştı. Bir şeyin bilgi ya da kanıt olmaksızın var olduğu izlenimine kapılmıştı. Ancak mahkeme için olgu, deneyimlenmiş bir gerçeklikti.

Savcı ve tanıklar Thoma Kunj'un küçük kıza tecavüz ettiğini, onu boğduğunu ve cesedini kuyuya attığını söylediğinde kanıtlandığı gibi oldu. Pek çok kişi bunun gerçekleştiğini ve tanımını değiştirerek bir gerçek haline geldiğini iddia etti. Ancak Thoma Kunj, kanıtlarla belirtilen olaylar gerçekleşmediği için bunu kabul edemedi.

Duruşmada hakim mahkemede uyulması gereken temel kuralları açıkladı. Birdenbire Thoma Kunj sanık durumuna düştü. Cumhuriyet Savcısı davanın özünü içeren bir açılış konuşması yaptı: Thoma Kunj kadın yurduna gitmiş, odalardan birinde küçük bir kıza tecavüz etmiş, onu boğmuş ve sonunda cesedini kuyuya atmıştır.

Thoma Kunj uzun bir ifade vermedi. Mahkemeye George Mooken tarafından yönlendirilen yurda gittiğini, müdürle görüştüğünü ve talep edildiği gibi sızıntı yapan boru hattını onardığını söyledi. İşi tamamladığını bildirmek için bir kez daha müdüre gitmiştir. Daha sonra müdürün kendisinden istediği gibi su seviyesini ve batırılmış pompanın yerini görmek için kuyuya kadar yürüdü. Son olarak da evine döndü.

Thoma Kunj duruşmayı ciddiye almadı çünkü bunun hayatını etkileyeceğini hiç düşünmemişti; işlemediği bir suçtan dolayı cezalandırılabilirdi. Ölüm cezasına çarptırılacağını ve tekrar temyize gideceğini hayal bile edemezdi. Ve son temyiz de reddedildiğinde darağacına götürülecekti. Duruşma tek perdelik bir oyun gibiydi; bir karakter olduğu okulda oynadığını düşünüyordu. Tek perdelik oyundan sonra okul üniformasını giydi ve akşam evine döndü. Eve dönüp domuz çiftliğindeki günlük işlerini yapacağına ve Parvathy ile George Mooken ABD'ye gittikleri için onların yokluğunda malikâneye bakacağına inanıyordu.

Thoma Kunj'un yanında tanık yoktu, çünkü davayı savunmayı reddettiği için tek başına yeterli olduğu izlenimine kapılmıştı. Onun kadın yurduna gittiğini Parvathy ve George Mooken dışında kimse bilmediği ve onlar da ABD'deki kızlarının yanına gittikleri için tanık tutmak gereksizdi. Thoma Kunj, o Pazar günü işçi kadınlar yurdunda tam olarak neler yaşandığına dair gerçeğe güveniyordu. Basit gerçekleri açıkladığında yargıcın kendisine inanacağını düşünüyordu. Gerçek basitti, güneş ışığı gibi açıktı ve bu konuda hiçbir şüphe yoktu. Olan olmuştu; olmayan olmamıştı ve bu konuda hiçbir tartışma yoktu, çünkü olmayan bir şey yoktu. Bu, herkesin güneşin güneş, ayın da ay olduğunu söylemesi gibiydi, çünkü güneş ay, ay da güneş olamazdı.

Ortada tartışılacak ya da doğrulanacak hiçbir şey olmadığı için bir ceza davasında duruşma anlamsızdı ve Thoma Kunj zihninde duruşmanın amacını sorguluyordu. Kanıtlar sahtelik yaratabilirdi ve gerçek duruşma sırasında ya da sonunda bir yerlere gömülürdü. Kanıt belirleyici faktördü ve savcı bunu yapabilir, saf bir yargıç da buna inanabilir ya da masallar uyduran bir taraf haline gelebilirdi.

Yargıç bir ceza davasında karar verici faktördü. Gerçeğin yanında ya da karşısında olabilirdi. Savcının yarattığı dalgaların üzerinde yüzebilir ve sahte kanıtlara dayanan gerçekleri bastırabilir ya da sahte kanıtları reddederek gerçeğin yanında durabilirdi.

Gerçek, yalanın zıttı olan gerçekliği temsil ediyordu ve gerçek olmayan, öz titreşimden ve içsel potansiyelden yoksun olduğu için var olamazdı. Hakikat deneyimle ilgiliydi, ama hakikatten başka bir şey değildi; bir tanık onu değiştiremezdi. Sahtelik hakikati değiştiremediği için, hakikat her zaman bir başka hakikati destekledi ve bir sonrakini anladı. Hakikat kategorikti ve konuşulduğunda birbirini destekleyen belirli gerçekleri, inançları ve ifadeleri öne sürüyordu ve hiçbir çelişki yoktu. Annesi Emily gerçekti ve onu seven babası Kurien de öyle. İsa'nın Kutsal Kalbi'nin, Meryem Ana'nın ve tüm azizlerin resimlerini yaktığı bir gerçekti. Tanrı'nın var olmadığı bir gerçekti. Tüm insanlar kendi dünyalarının gerçek olduğuna dair belirli bilgi ve inançlara sahipti.

Thoma Kunj her zaman doğruyu söylediği için doğru olmayan bir şey düşünemezdi. Annesi ve babası ona doğruyu söylemeyi öğretmişti. Mahkemeye kızı görmediğini, ona tecavüz etmediğini, boğmadığını ve cesedini bir kuyuya atmadığını söylediğinde de söylediği şey gerçekti. Ve mahkemede kendisini savunması için neden bir avukata başvurması gerektiğini bilmiyordu. Thoma Kunj doğruyu söyleyebildiği için onun avukatıydı. Ancak söylediklerinin gerçek olduğuna bir yargıcı neden ikna etmesi gerektiğini anlayamadı. Küçük kızı öldüren, boğan ve bir kuyuya atan tecavüzcünün kim olduğunu bulmak polisin göreviydi. Masum bir insanın bu olayda hiçbir rolü yoktu ve Thoma Kunj bir avukat tayin etmeyi reddetti ve kendisini savunması için mahkemenin atadığı avukatı da kabul etmedi. Kendisini korumasına gerek yoktu çünkü birini masumiyetine ikna etmek başka bir kişiye zarar veriyordu, çünkü herkes herkesten sorumluydu.

Savcı yalan bir hikaye anlatıyordu ve Thoma Kunj, işi gerçeği aramak olduğu için hakimin bunu reddedeceğini varsayıyordu. Savcı olayları sunuşunda açık ve tutarlıydı. Mantıklıydı ve Thoma Kunj'un suçsuzluğuna meydan okuyan sağlam bir temele dayanan kanıt üstüne kanıt üretti. Ancak savcının söyledikleri, kanıtlarla desteklenmiş olsa da gerçek dışıydı. Kanıtlar gerçeğin antitezi haline gelerek Thoma Kunj'u darağacına götürdü.

Tanıklar yurt müdürü, görevli, aşçı ve kimliği bilinmeyen üç kişiydi. Anlattıkları hikâye, Hint Ceza

Kanunu ve Delil Yasası'nın birbirine kenetlenmiş karolarının oluşturduğu sağlam bir mantıksal temel üzerine inşa edilmiş ve savcı tarafından dile getirilmişti. Gerçekmiş gibi görünüyorlardı ama tanıklar gerçekçi robotlardı.

İlk tanık görevliydi. Saree içinde farklı görünüyordu ama Thoma Kunj onu tanıdı. Mahkemede, sanık zili çaldıktan sonra kapıyı açtığını ve sanığı yurt müdürüne götürdüğünü söyledi. Müdürden emir aldıktan sonra sanığı iç merdivenlerden terasa çıkarmıştır. Sanığın meraklı olduğunu fark etmiş ve dikkatlice duvarları ve zemini gözlemlemiştir. Terasın hemen altına ulaştığında, her zaman kilitli tutulan kapıyı içeriden açmıştır. Terasta sanığa işi gösterdi ve sanık hemen işe başladı, ancak onunla hiç konuşmadı. İki dakika sonra kadın sanığın yanından ayrılmış ve kapıyı içeriden kilitlemeden aşağıya inmiştir, çünkü sanık müdürle görüşmek ve iş hakkında bilgi vermek için aşağıya inecektir. Sanık otuz dakika içinde geri dönmüş ve kadın sanığın pansiyon müdürünün odasına girdiğini görmüştür. Başka bir işi olduğu ve sonrasında olanlardan habersiz olduğu için yurt müdürü ve sanığın yanında kalmamıştır.

Hakim, sanığa kendisini temsil edecek bir avukatı olmadığı için tanığı sorgulayabileceğini söyledi. Thoma Kunj tanığa hiçbir şey sormadı çünkü tanığın mahkemede söyledikleri tanık için doğruydu ve tanığı sorgulamak istemedi.

Yargıç "Neden sessizsiniz?" diye sordu.

Thoma Kunj, "Sessiz kalmak benim hakkım mı?" diye cevap verdi.

"Sanık sizsiniz," dedi yargıç.

Thoma Kunj, "Onlar için ben suçluyum ama benim için ben masumum," dedi.

"Kendini koruman gerekiyor," dedi yargıç.

"Beni haksız yere suçlamayarak korumalılar, çünkü ben kimseyi suçlamıyorum. Tüm suçlamalara cevap vermek imkansız ve ben hiçbirine tepki vermiyorum," diye yanıtladı Thoma Kunj.

Yargıç güldü.

Bir sonraki tanık, çocuk felci geçirmiş gibi yürüme sorunları olan genç bir adamdı. Mahkemeye son on yıldır yurtta süpürgecilik yaptığını söyledi. Gençken oraya gidip çalışmış, aşçıya yardım etmiş ve pansiyon müdürünün ayak işlerini yapmış. Pompayı genellikle her sabah beşte ve akşam altıda çalıştırırdı. Yurdun zemin katındaki merdivenin altında küçük bir odada kalıyordu ve bekârdı. Bir yetim olarak tatillerde gidecek hiçbir yeri yoktu.

Bir pazar günü öğleden sonra saat dört kırk beş civarıydı. Odasında dinleniyor, film şarkıları dinliyordu. Birden birinin ağladığını duydu. Genç bir kızın sesiydi bu; on yıldan fazla bir süredir kadınlar yurdunda kaldığı için kadın seslerini tanıyabiliyordu. Ama bu bir kız çocuğunun ağlamasıydı ve kapıyı açıp koridora girdi. Bir kez daha hafif bir çığlık duydu. Zemin kattaki bir odadan geldiğinden emindi. Çılgınca odayı aradı ve içeriden kilitlenmiş bir oda buldu. Kız kardeşinin odasında bir kızın kaldığını biliyordu. Kız, ablasının önceki gün eve gittiğini bilmeden sabah pansiyona gelmişti. Kız, kasabasına giden akşam otobüsü saat beş civarında olduğu için odasında bekliyordu.

Kapıyı çaldı ama kimse açmadı. Ama kızın odada olduğundan emindi. Yurt müdürünün ofisine doğru koştu, ancak kız orada değildi ve onu aradı ve yaklaşık yirmi dakika sonra onu bahçede buldu. Olay hakkında onu bilgilendirerek kızın odasına doğru koştu. Yurt müdürü de onun önünde koşmuştur. Koridora girdiklerinde saat akşamın beşi civarındaydı ve sanığın kızı kucağında taşıyarak koridorda koştuğunu gördü. Sanık mutfağın yan tarafındaki kapıyı açmış ancak müdürün kendisini takip ettiğini görememiştir. Tanık kapının eşiğine ulaştığında sanığın kuyuya doğru eğildiğini görmüştür.

"Yüzünü görmedim ama yandan görüş açım vardı. Sanığın kızın cesediyle koşan kişi olduğundan eminim" dedi. Savcı, hakimden olayı sırasına göre not etmesini istedi ve daktilo tanığın her kelimesini yazdı.

Thoma Kunj süpürgecinin söylediklerini dinlerken şaşkın bir bakış attı. Bu gerçek dışı bir şeydi.

Yargıç sanığa tanığı sorgulamak isteyip istemediğini sordu. Thoma Kunj tanığın kendisi hakkında söylediklerini ve anlatılan olayların yalan olduğunu söyledi. Kızın odasına girmemişti ve tanığın bahsettiği kızı hiç tanımıyordu. Thoma Kunj kızı hiç görmemişti ve tecavüz etmesi, boğması, cesediyle koridorda koşması ve kuyuya atması söz konusu değildi.

Thoma Kunj tanığı sorgulamayı reddetti çünkü tanığı sorgulayarak onun söylediği yalanı değiştiremeyeceğine inanıyordu.

Masum olduğunu nasıl kanıtlayacaksın?" diye sordu yargıç.

"Masum olduğumu neden kanıtlayayım ki? Ben masumum ve bu bir gerçek. Ama hakkımda yanlış suçlamalarda bulunan herkese bunu kanıtlamak istemiyorum. İnsanların yalan yanlış şeyler söylemesini engellemem insani olarak mümkün değil. Yalana tepki vermemek benim hakkım," dedi Thoma Kunj.

"Suçlanan sizsiniz. Sadece tanığın söylediklerini çürütmek sizin suçsuz olduğunuzu kanıtlayabilir," dedi yargıç.

"Suçluyum. Neden suçsuzluğumu teyit eden harici bir kanıta ihtiyacım olsun ki?" diye karşılık verdi Thoma Kunj.

"Kanıta ihtiyacım var; ben gerçeği aramıyorum. Kanıtlar gerçek olmayan bir şeyi çürütebilir. Sessizliğin, kendini beğenmişliğin ve sadeliğin mahkemede yetersiz kalacaktır. Kendinizi hayatınıza yönelik tehlikelerden korumalısınız," diye açıkladı yargıç.

Thoma Kunj, "Kategorik gerçeğe dayanmayan bir yargılamaya inanmıyorum," diye cevap verdi.

Yargıç güldü.

Bir sonraki tanık pansiyonun bahçıvanıydı. Altı yıl boyunca eşi ve iki çocuğuyla birlikte pansiyon binasındaki iki odalı eski bir kulübede kaldığını söyledi. Pazar günleri işi yoktu ama sık sık pansiyonun bahçesinde dolaşıyordu. Saat beş yirmi civarında kuyunun yakınında bir gürültü duymuş, kuyuya doğru koşmuş ve sanığın bir kızın cesedini kuyuya attığını görmüş. Yurt müdürü kapının hemen dışında, mutfağın yanındaydı ve süpürgeci de onun arkasındaydı. Kuyudan bir sıçrama sesi geldi. Aşçı koşarak dışarı çıktı ve sanığa bağırarak ne yaptığını sordu. Sanık tek kelime etmedi; sessizdi. Bahçıvan sanığın yüzünü görünce korktuğunu söyledi. Kısa süre sonra bisikletini çalıştırdı ve hiçbir şey olmamış gibi dışarı çıktı.

Thoma Kunj şaşkınlıkla bahçıvana baktı. Anlattıklarına sanki yaşanmış gibi güveniyordu. Ama bahçıvan dürüst değildi; söylediği hiçbir şey doğru değildi.

Yargıç bir kez daha sanığın tanığı sorgulamak isteyip istemediğini tekrarladı. Thoma Kunj yargıca tanığın söylediklerinin tamamen hayal ürünü olduğunu söyledi. Tanık yalan söylemiş olsa da, yalan gerçeğe dönüştürülemeyeceği için Thoma Kunj tanığı sorgulamakla ilgilenmedi.

Bir sonraki tanık pansiyonun bekçisiydi. 1.80 boylarında, kırk yaşlarında iri yarı bir adamdı. Son on iki yıldır kadın yurdunda çalışıyordu. Her biri günde sekiz saat çalışan iki bekçi daha vardı. Bir kişi izin aldığında diğerleri on iki saat çalışıyordu. Pazar günü işe sabah altıda başlıyordu. Davalı öğleden sonra saat üç civarında pansiyona ulaşmış ve kapı görevlisi ondan bisikletini iki tekerlekli araçlar için ayrılmış park yerine park etmesini istemiştir. Görevli sanığa neden orada olduğunu sormuş, sanık da bazı onarım işleri için müdürle buluşmaya geldiğini söylemiştir. Sonra sanık içeri girmiştir. Saat beş yirmi civarında, kuyudan yüksek bir ses gelmiş ve bazı insanların bağırdığını ve ağladığını duymuş. Kuyuya doğru koştu ve sanık kuyunun yanında duruyordu. Yurt müdürü mutfak kapısının dışındaydı ve süpürgeci de onun arkasındaydı. Bahçıvan ayakta durmuş kuyunun içine bakıyordu. Aşçı koşarak geldi ve sanığa ne yaptığını, neden gürültü olduğunu ve birkaç soru daha sordu. Kapı bekçisi sanığın yüzünü tanıyabiliyordu çünkü ondan bisikletini iki tekerlekli araçlar için ayrılmış park yerine park etmesini istemişti.

Ardından Cumhuriyet Savcısı sanığı teşhis edip edemeyeceğini sordu. Kapı görevlisi yüksek sesle "evet" dedi ve Thoma Kunj'a dönerek mahkemeye bahsettiği kişinin o olduğunu ve kuyunun yanında duran kişinin o olduğunu söyledi.

Thoma Kunj bekçinin yalan söylediğini bildiği için gülmek istedi. Ama onun ciddi olmadığını düşünüyordu; tüm bu mahkeme tiyatrosu tek perdelik bir oyundu ve oyundan sonra evine dönecekti. Thoma Kunj bir çocuk oyunu olduğunu düşündüğü duruşmanın ciddiyetinin farkına varamadı.

Yargıç Thoma Kunj'a tanığı sorgulaması için bir şans daha verdi ve Thoma Kunj yargıca tanığın mahkemede söylediklerinin gerçek dışı olduğunu ve asla yaşanmadığını söyledi. Ayrıca, tanığı daha önce hiç görmemişti ve mahkemede yalan söyleyen birini sorgulamak istemiyordu.

Bir sonraki tanık aşçıydı. Mahkemeye mutfağın dışında, kuyunun yanında büyük bir kargaşa olduğunu, bu yüzden neler olduğunu görmek için dışarı koştuğunu söyledi. Yurt müdürü ve temizlik görevlisi zaten oradaydı. Bahçıvan kuyunun içine bakıyordu.

Tanık sanığa ne olduğunu ve kuyuya bir şey düşüp düşmediğini sordu. Sanık kuyuya birkaç taş düştüğünü söyledi. Tanık daha sonra sanığın neden kuyuya doğru eğildiğini sormuş, sanık da su kolunu ve daldırılmış pompanın yerini öğrenmek için kuyuya baktığını söylemiştir. Tanık, sanığa inanamadığını, çünkü kuyuya ağır bir şey düştüğünü ve suyun yükseldiğini söyledi. Tanık mahkemeye sanığın bir şey saklıyormuş gibi göründüğünü söyledi. Düşen birkaç taş bu kadar gürültü çıkarmazdı. Gürültü, sanığın kuyuya ağır bir nesne atmasından kaynaklanıyordu.

Yargıç sanığın tanığı sorgulamak isteyip istemediğini sordu. Thoma Kunj hakime tanığı sorgulamak istemediğini ancak tanığın söyledikleri hakkında yorum yapmak istediğini söyledi. Yargıç yorum yapmasına izin verdi. Sanık, tanığın kendisi hakkında söylediklerinin doğru olduğunu ancak tanığın diğer tanıklar hakkında söylediklerinin gerçek dışı olduğunu söyledi.

Savcı, sanığın tanığı sorgulamayı reddederek tanığın ifadesini kabul ettiğini söyledi.

Son tanık yurt müdürüydü. Beyaz pamuklu bir saree ve tam kollu bir bluz giymişti. Yaklaşık elli beş yaşlarında, gri saçları düzgünce taranmış ve başının arkasında bağlanmış etkileyici görünüyordu. Gözlüklerinin çerçevesi gümüş rengindeydi ve sesi yavaş ama sanki toprak bir kavanozdan konuşuyormuşçasına yüksek ve netti, buna rağmen yüzü ifadesizdi; sesinde hiçbir duygusal değişim yoktu. Başlangıçta olayları üçüncü şahıs ağzından anlatıyordu.

Sanık öğleden sonra saat üç yirmi civarında yurda geldi. Müdür, Thoma Kunj'un tamamlaması gereken işin niteliğini açıkladı. Pansiyon görevlisiyle birlikte, baş üstü tankındaki boru hattındaki sızıntıyı gidermek için terasa çıktı. Görevli hemen geri dönmüş ve davalı yarım saat içinde işi tamamlamıştır. Sanığa yaptığı iş için ödeme yapıldı ve müdür ondan ayrılmasını istedi. Sonra müdür kurban hakkında konuşmaya başladı.

On beş yaşında bir kız öğrenciydi ve pansiyonda kalan kız kardeşiyle buluşmak için sabah sekiz buçuk civarında pansiyona gelmişti. Kız, çalışan kadınlar yurdundan yaklaşık iki kilometre uzaklıktaki bir okulda yatılı olarak kalıyordu. Bazı durumlarda, okul müdiresinin izniyle, Pazar günlerini kız kardeşiyle geçirmek için onu ziyaret ediyor ve ertesi gün sabah erkenden okuluna dönüyordu. O gün, kız kardeşinin çoktan gitmiş olduğunu bilmeden, yedi günlük bir tatil için kız kardeşiyle birlikte evlerine gitmek üzere pansiyona gitti. Akşam saat beş civarında memleketine giden ve iki saat içinde memleketine ulaşan direkt bir otobüs vardı, bu yüzden kız kardeşinin odasında tek başına bekledi. Sanık, yurdun koridorunda yürürken kızı görmüş; odasına girmiş, tecavüz etmiş ve boğarak öldürmüştür.

Odadaki gürültüyü duyan pansiyonun temizlik görevlisi odaya koştu. Oda içeriden kilitliydi. Odadan gelen cılız çığlıkları dinleyebildi. Sonra haber vermek için müdürün odasına koştu.

Müdür aniden anlatımı birinci kişiye çevirdi.

"Süpürgeci beni bahçede karşıladı ve kızın odasındaki gürültüden bahsetti. Onunla birlikte aceleyle yurt binasının içine girdim. Sanığın kızın cesedini taşıyarak koridorda koştuğunu gördüm. Yüzü görünüyordu. Sanık oydu. Saat beş-on beş civarıydı ve sanık yaklaşık yarım saattir kızın odasındaydı. Bağırarak peşinden koştum ama kapıyı açıp dışarı çıktı ve kızın cesedini kuyuya attı. Bahçıvan zaten oradaydı, kapıcı koşarak geldi, sonra da aşçı."

Sanık kıza tecavüz etti, onu boğdu, cesedini elinde taşıdı, kuyuya gitti ve içine attı.

Thoma Kunj inanamayarak müdüre baktı. Söyledikleri gerçek dışıydı. Yurt müdürü onun yalan söylediğini biliyordu ama söylediklerinin doğru olduğunu düşünüyordu.

Yargıç Thoma Kunj'a tanığı sorgulamak isteyip istemediğini sordu. Thoma Kunj hakime tanığın söylediği neredeyse her şeyin yanlış olduğunu söyledi. Yalan asla doğru olamayacağı için onu sorgulamak istemiyordu. İstediğini söylemeye hakkı vardı ama aynı zamanda doğruyu söylemekle de yükümlüydü. Ancak kanıtları gerçeklere dayanmadığı için fena halde başarısız olmuştu.

Gerçek samimi, içten ve dürüsttü ve gerçek olması için bir teste ya da kanıta ihtiyacı yoktu. Sadece başkalarından korkanlar kendilerini savunurdu. Kendine güvenen kişi tek başına kalırdı ve Thoma Kunj da tek başına kaldı. Korkusuzca, olan her şeyi kabul etti. Ancak geçmişiyle zaten ikna olmuş olan yargıcı ikna edememiş olsa da, gerçekle çelişen her şeye meydan okudu. Bu geçmişi sonsuza dek silmek istiyordu ve duruşma diğerleri için bir şimaydı. Bebek anne karnında büyürken, doğumu avukatlık mesleğini ve geleceğini etkileyeceği için anneye onu aldırması için yalvardı. Ancak kadın bunu reddetti.

Thoma Kunj'un davasının onun mahkemesinde görülmesi tamamen tesadüftü. Thoma Kunj'un masum olduğunu biliyordu ama genç bir kadına duyduğu aşkın yükünü taşımak istemiyordu.

Kurien, Kottayam'daki Jubilee Park'ta tanıştığı kadının geçmişini hiç sormadı. Bebeği teyzesinin evinde doğmuştu. Onunla evlendi, onunla birlikte uzak bir ülkeye gitti ve bir domuz çiftliğinde çalıştı. Kurien, Thoma Kunj'u kendi oğlu gibi sevdi.

Thoma Kunj kıza tecavüz etmediği ve boğmadığı için cinayet işlememiştir. Hakim, savcının söylediklerine inandığı için Thoma Kunj'un söylediklerini kabul etmedi. Savcı, milletvekili onun arkadaşı olduğu için davayı kazanmak istiyordu; ayrıca hakim de onun geçmişini silmek istiyordu. Her ikisinin de ulaşmak istedikleri farklı hedefler vardı ve birbirlerinin amaçlarını bilmiyorlardı.

Tüm argümanlara karşı koymak, başkalarının yanlışlarını ortaya çıkarmak Thoma Kunj'un sorumluluğu değildi. Sessiz kalma, savunma yapmama hakkına sahipti ve kendini savunmaya da inanmıyordu. Küçük kızı görmemişti ve bu bir gerçekti. Eğer yargıç bunu kabul etmediyse, bu Thoma Kunj'un suçu değildi, çünkü yargıç gerçeği bilmiyordu ve gerçek tecavüzcüyü bulmakta başarısız olmuştu. Tecavüzcüyü aramak ve bulmak Thoma Kunj'un görevi değildi, çünkü bu polisin göreviydi.

Thoma Kunj, gerçekleri ve emareleri ararken hakimin suçsuzluğunu kolayca okuyabileceğini hayal etti. Yargıcın görevi gerçeklere dayalı bir karar vermekti ve Thoma Kunj'un yargıcı aydınlatmak gibi bir yükümlülüğü yoktu. Yargıç yanlış bir karar verirse, bu onun adaleti sağlamaktaki yetersizliğini gösterecekti. Bencil insanlar kendilerini savundu ve akılsız yargıçlar yanlış bir karar verdi. Thoma Kunj'un yaşamak için bencilce bir nedeni yoktu. Onun çabası başkalarına zarar vermeden samimi bir yaşam sürmekti. Yaşamının nedeni kendisi olmadığı için, herkesin hayatı herkes için değerli olsa da, hayatını savunmak için bir nedeni yoktu.

Savcı mahkemeye, tüm tanıkların sanığı gördüğünü ve bunlardan ikisinin sanığı küçük kızın cesedini taşırken ve kuyuya atarken gördüğünü söyledi. Tanıklardan ikisi sanığın kuyuya doğru eğildiğini görmüş; altısı da küçük kızın cesedi suya düştüğünde kuyudan büyük bir ses geldiğini duymuştur. Altı tanığın hepsi de sanığın suçları işlediğinden emindi. Sanık küçük kıza tecavüz etmiş, boğmuş ve öldürmüştür. Sonra da cesedini kuyuya atmıştır. Kanıtlarla yüzleşmekten korktuğu için tanıkları sorgulamaktan korkuyordu ve tanıkların iddialarında yanlış bir şey kanıtlayamadı.

Savcı, ceza kanunlarının çeşitli bölümleri ve incelikleri ile delil yasasının karmaşıklığıyla, Thoma Kunj'a tecavüzcü ve katil unvanını verdiği bir dünya yarattı. Her kelimesi bir tuzaktı, Thoma Kunj'u yavaş ama istikrarlı bir şekilde adım adım dolaştıran dev bir ağın küçük bir parçasıydı. Başkalarının gözünde Thomas Kunj'un kaçışı, çıkışı yoktu, çünkü suçsuzluğu dağın zirvesindeki sabah sisi gibi kaybolmuştu. Thoma Kunj kendi varlığına herhangi bir bağlılık göstermiyordu. Mahkemede olup bitenlerden kopuktu ve ne olacağı konusunda endişe duymuyordu. Bu ifade savcı için suçunun kabulü anlamına geliyordu.

Bazı durumlarda Thoma Kunj suçunu kabul etmeyi düşündü. Zavallı bir kız birileri tarafından tecavüze uğramış ve öldürülmüştü ve birilerinin suçu üstlenmesi gerekiyordu. Esas olan birinin bunu yaptığını söylemesiydi ve mahkemede izleyiciler arasından kalkıp "Evet, ben yaptım" diyen kimse yoktu. Birinin yapmış olması gerektiği için suçu kabul etmemek yanlıştı. Ancak sorumluluğu itiraf etmenin ve yargılamayı durdurmanın görevi olduğunu düşünüyordu. Thoma Kunj hayatında hiçbir zaman zihninin ondan yapmadığı bir şeyi itiraf etmesini isteyecek kadar batağa saplanmamıştı. Yargıca, görünürde bir suçlusu olmayan bir davayı sürdürmemesi için yardım etmekti. Bir kurban vardı ve bir katil olması kaçınılmazdı; suçlu olmasa da bunu kabul etmek onun göreviydi. Ama kıza tecavüz etmemiş, onu boğmamış ve kuyuya atmamış olsa da sanıktı. Bu başıboş bir düşünceydi ama inançlarına ve kanaatlerine aykırıydı.

Thoma Kunj, sessizliği içinde, küçük bir kızı hiç görmemiş olmasına rağmen onun tecavüzcüsü olarak ortaya çıktı. Bir suçun yükünü omuzlarında taşımak zorundaydı.

Sessiz kalmak, kendini suçlamama ayrıcalığının ötesinde bir şeydi. Masumiyeti hakkında bile konuşmamak, kendini savunmamak bir haktı, çünkü herkesin herkesi koruma görevi vardı ve başkalarını yanlış suçlamalarla itham etmemekle sorumluydu. İnsanın kendini neden savunması gerektiği Thoma Kunj için cevapsız bir soruydu; kimse ona uygun bir cevap veremezdi, yargıç bile.

Suçsuzluğuna dair bilgi saklıyordu, zira bir insan şanını göklere çıkarmamalıydı.

"Ben avukatım ama kendimi korumam gerekmediğine inandığım için kendim hakkında konuşmak istemiyorum. Benim hakkımda yalan söylememek diğer bireylerin ve toplumun görevidir," diyen Thoma Kunj'un son gün mahkeme başladığında hakime söylediği sözlere hakim güldü. Yargıç, Thoma Kunj'un argümanının boş, sığ ya da aptalca olduğunu düşündü.

Thoma Kunj yargıca inanamayarak baktı, çünkü yargıcın sessizliğini kendisine karşı bir kanıt olarak kabul etmemesini bekliyordu.

Savcı yüksek sesle gülerek yargıca katıldı. Thoma Kunj savcıya kuşku ve eğlenceyle baktı. Yargıç ve savcının, insan kalbinin tüm eylem ve inançlarında dürüst olma özleminden habersiz olduklarını düşündü.

Yargıç Thoma Kunj'un suçlu olduğuna dair kararını açıkladığında savcının ifadeleri zafer dolu olacaktı. Küçük bir kıza tecavüz etmiş, boğmuş ve cesedini kadınlar yurdunun kuyusuna atmıştı.

Savcının sevinç ifadelerini duyduğunda Thoma Kunj'un yüzünde şaşkınlık vardı, bir masumun ıstırabından filizlenen bir zevk. Savcı, politikacı arkadaşının çıkarı için yalanlar ördüğünü biliyordu; bakan olduğunda onu yargıç yapacaklardı.

Thoma Kunj savcıya ve hakime küçümseyerek ve acıyarak baktı.

Annesi, Emily, Parvathy ve Ambika dışında hiçbir kıza ya da kadına dokunmadığına kimseyi ikna etme çabaları boşunaydı. Hiçbir zaman bir kıza ya da kadına tecavüz etmeyi düşünmediğini kanıtlamakta başarısız oldu çünkü hiçbir zaman böyle kusurlu bir cinsel dürtüsü olmamıştı.

Appu dışında hiç kimseye kızmadığı için hiç kimseyi boğazlamayı düşünmemişti.

Ama Appu acımasızdı. Thoma Kunj'u herkesin içinde küçük düşürmeye çalışıyordu ve hedefi Thoma

Kunj'un annesiydi. Emily onun gururuydu ve onun hakkında kötü bir söz söylemek isteyen herkes kalbini kırıyordu. Bunu kabul edemezdi; duyduğu acı hayal gücünün ötesindeydi.

İnsan davranışları konusundaki cehaleti, başkalarının suçluluğunun bir ifadesi olarak gördüğü bir sessizliği sürdürmesine neden oldu. Tanıştığı herkese duyduğu güven onu savunmasız hale getirdi ve sessizliği ve iyiliği ona karşı durdu. Olayları açıklamakta net değildi, polis, hukuk ve mahkeme kavramlarını anlamakta başarısızdı. Sade yaşamı, içine kapanık, asosyal ve insan düşmanıymış gibi ona karşı duruyordu. Thoma Kunj savcıyı dinlerken suçsuz olduğuna dair inancından şüphe duydu ve kıza tecavüz etmiş, onu boğmuş ve kızı görmeden ve ona dokunmadan cesedini bir çukura atmış olabileceğini düşündü.

İdam sehpasında bile, bölge yargıcının tutuklama emrini okumasından önceki birkaç dakika dışında sessizlik her şeyi gölgeledi.

Hiçbir mahkûmun diğer bir mahkûmun infazına tanık olmasına izin verilmiyordu. Thoma Kunj, cezaevi müdürünün, iki kıdemli gardiyanın ve on polis memuru ile iki baş polis memuru da dahil olmak üzere en az on iki gardiyanın darağacında olacağını biliyordu. Thoma Kunj Tanrı'ya inanmadığı için hiçbir rahip orada olmayacaktı. Başkomiser, katillerin ve hükümlülerin davranışları üzerine çalışmalar yapan sosyal bilimcilerin, psikologların ve psikiyatristlerin infaza tanıklık etmesine izin verebilecekti.

İnfaz gün doğmadan önce yapılacak ve tüm mahkumlar koğuşlarına ve hücrelerine kilitlenecekti.

Thoma Kunj'un darağacını görmesine izin verilmeyeceği için kukuletası takılacaktı.

Hapishane kendi başına bir evrendi, özgürlüklerini kaybedenler için bir dünyaydı. Toplum için bağımsızlığın kaybı, özgürlüğün kötüye kullanılmasından kaynaklanıyordu. Ama en başta özgürlük yoksa, Thoma Kunj özerkliğini nereye mal edebilirdi? Özerkliği kazanmak için özerklik kaybedilmişti ve eğer özerklik yoksa, özerklik de varoluşun çorak topraklarında kaybolup gitmişti.

Thoma Kunj son başvurusu da reddedilince sonsuza dek kaybetti.

"Hükümlü tehlikeli bir cinsel avcıdır; ülkenin yasalarına saygı duyan ve itaat eden bireylerin barış içinde bir arada yaşaması için bir tehdittir; af talebi kabul edilemez."

Tek cümlelik karar kesindi; cezaevi yetkililerini uzun süredir kullanılmayan darağacını yağlamaya zorladı ve Müfettişi Thoma Kunj'u asmak için sağlam bir ilmik almaya yönlendirdi.

Ancak 'tehlikeli cinsel tacizci' ifadesinin anlamı onun anlayışının ötesindeydi. Bütün hafta boyunca bunu anlaşılır kılmaya çalıştı ama başaramadı. Hapishanedeki hiç kimse ona bunun anlamını kavratamadı. Annesi hayatta olsaydı ondan bunu basit terimlerle açıklamasını isteyebilirdi. Onun, İngilizceyi doğru dürüst konuşamayan ve yazamayan okul müdürüne mektuplar hazırladığını görmüştü. Parvathy ve George Mooken orada olsalardı onlara da sorabilirdi. Ama onlar Thoma Kunj'un kadınlar yurduna gidip baş üstü deposundaki sızıntı yapan boru hattını tamir ettiği gün öğleden sonra Amerika'ya gitmişlerdi.

Thoma Kunj için, bireylerin barış içinde bir arada yaşamasına yönelik bir tehdit olan kelimelerin anlamını anlamak da aynı derecede zordu. Thoma Kunj, annesine veshya diyen Appu'ya vurması dışında hiç kimse için bir tehlike oluşturmadı. Appu annesinin karakterini kötülemeye çalıştığı için çok öfkeliydi. Bu acı vericiydi; onu onarılamayacak kadar incitmişti. İki dişi düştü ve öksürerek kan çıkardı. Thoma Kunj'un bireylerin barış içinde bir arada yaşamasına tehdit oluşturduğu tek an buydu. Ama Appu'nun sözlerindeki kötü niyetin ağırlığını kimse fark etmemişti. Anneme fahişe demeye hakkı yoktu.

Ancak okul Thoma Kunj'u listeden sildi ve ona nakil belgesi vermeyi reddetti; başka bir okula gidemezdi. Eğitiminin sonuna gelen George Mooken müdürle görüşerek nakil belgesi için yalvardı ve hayal kırıklığına uğramış bir şekilde geri döndü.

Thoma Kunj domuz çiftliğine gitti. Domuz yavrularını hadım etmekte iyiydi; bıçağı keskindi ve Thoma Kunj'un işini yapması sadece iki dakika sürüyordu. İki gün içinde domuz yavruları normale döndü; daha çok yediler, şişmanladılar ve büyüdüler. Kısırlaştırılmış domuzların etine daha fazla talep vardı. Ama okulunu unutamıyordu çünkü okumak, mühendis olmak ve Parvathy ve Mooken gibi yurtdışına seyahat etmek istiyordu. Ancak Thoma Kunj domuz yavrularını hayal ederek uyuyor ve domuz kokusunu seviyordu.

İlk temyiz başvurusunun reddedilmesi de keskin ve deliciydi:

"Hukuk tarafsızlık, adalet ve eşitlik gerektirir. Sanık, reşit olmayan bir çocuğu boğduktan sonra ona tecavüz etmiş ve cesedi bir kuyuya atmıştır. Geçmişinde ciddi suiistimaller var. Af talebi reddedildi."

Thoma Kunj kararda kullanılan kelimelerin gerçekliğini anlayamadı. Hayatında hiç böyle bir olay olmamıştı ve reşit olmayan birine tecavüz ettiğini hatırlamıyordu, suiistimal geçmişi yoktu ve annesi dışında hiç kimseye sarılmamıştı bile. Küçükken Parvathy ona sarılır ve alnına tatlı öpücükler kondururdu. Thoma Kunj'a göre karardaki olay ve suçlamalar ile temyiz başvurusunun reddedilmesi sahteydi. Bir kez bile bir kadınla seks yapmamıştı ve otuz beş yaşındaydı ve reşit olmayan birine tecavüz ve cinayet suçundan darağacına doğru yürüyordu.

Birden geçit töreni durdu; ayak sesleri yoktu; tam bir sessizlik vardı. Müfettiş, gardiyanlar, doktor, gardiyanlar ve Thoma Kunj dışında herkes hapishane duvarları içinde uyuyordu. Olay yerine ulaşmaları üç dakika sürmüştü; darağacına gitmeleri ise iki dakika sürecekti. Bölge yargıcı idam kararını okudu; cellat onu darağacına götürecek, kapının üzerine yerleştirecek ve boynuna ip geçirecekti. Mahkûmun yanına yaklaşır ve kulağına fısıldardı:

"Beni affet; ben görevimi yapıyorum."

Görevi masum bir adamı asmaktı. Ancak mahkûmun gerçekten suçlu olup olmadığını kontrol etmek onun görevi değildi; bu yargıcın göreviydi. Sayısız davaya bakan diğer pek çok yargıç gibi, yargıç da görevini yerine getiremedi.

Celladın son işi darağacının kolunu çekmekti. Ardından doktor, asılan kişinin ölüp ölmediğini doğrulayacak ve son belgeyi imzalayacaktı.

Hücreden darağacına gitmek on dakikadan az sürerdi.

Bir on dakika da çukurun içindeki ilmikte sallanırken geçecekti.

Sosyal bilimciler, psikologlar, kriminologlar ve psikiyatristler bitmek bilmeyen tartışmalarını başlatacak ve çok sayıda gazeteci de onlara katılacaktı. Bilgili makaleler yazacaklar ve tartışmaları yönlendireceklerdi.

Başkomiser geri döndü:

"Yüzünü örtün," diye emretti.

Kıdemli gardiyan siyah dikişli bir bez çıkardı ve Thoma Kunj'un başına yerleştirerek yüzünü düzgünce örttü. Artık güneşi, ayı, yıldızları, hayvanları, kuşları, ağaçları, sürüngenleri, sevgili Ayyankunnu'yu, muson bulutlarıyla kaplı Attayoli'nin zirvelerini, Barapuzha'yı, kıyısındaki filleri ve kaplanları, hindistancevizi çiftliklerini, domuz ağılını ya da Parvathy, George Mooken ve Razak dahil insanları göremeyecekti.

Asılmadan önce mahkûmun başının ve yüzünün siyah bir bezle örtülmesi, asılanın onurunu korumak için yapılan bir ritüeldi. Mahkum darağacını görmemeliydi;

ilmikten sallanırken yüz ifadelerini ve duygusal çalkantılarını kimse görmemeliydi. Toplum, küçük bir kıza tecavüz etmek ve onu boğmakla suçlayarak özgürlüğünü elinden almaktan çekinmese de, ki tanıklar bunun yanlış olduğunu biliyordu, mahkumun kendine saygısı konusunda endişeliydi. Ancak Thoma Kunj kolay bir av olduğu için onu suçladılar. Tüm tanıklar bir kurgu anlatmaktan fayda sağladı. Hapishane müdürü, Kerala'da milletvekillerinin en üst makamı olan eyalet meclisinde seçimlere katılan bir politikacının yetişkin oğlunu korumuştur.

Thoma Kunj on bir yılını hapishanede geçirdi. O zamana kadar genç bir adam eyalette Eğitim Bakanı olmuş ve onur konuğu olarak birçok okul ve koleji ziyaret etmiştir. Kızlara kendilerini olası tecavüzlerden ve Thoma Kunj gibi yağmacıların cinsel kabahatlerinden korumalarını tavsiye ediyor, küçük bir kıza tecavüz ettikten ve cesedini kuyuya attıktan sonra yurt müdürünün odasında saklandığı bir haftayı canlı bir şekilde hatırlıyordu. Erkeksi genç adam Razak'ın adını hiç duymamıştı ama Thoma Kunj Akeem değildi ve kendini savunmayı unutmuştu.

Yüksek Mahkeme, Yargıtay ve Cumhurbaşkanı Thoma Kunj'un itirazlarını reddetti ve Hindistan'da en çok korunan insan olan Thoma Kunj ile birlikte on dakika boyunca geçit töreni yapıldı. Bir keresinde Cumhuriyet Bayramı geçit törenindeydi ve hayatının son gününde siyah bir cüppe giyerek suçsuz yere, konuşmaktan mahrum bir şekilde darağacına doğru yürüdü.

Balck Bezi

Emily kendini çarmıha astığında neredeyse çıplaktı. Sanki çıplak İsa'ya sarılıyormuş gibi görünüyordu.

Emily ipini hindistan cevizi kabuğundan yaptı; bitirmesi yaklaşık bir hafta sürdü. Sabah üç buçuk civarında oğlunun kapısını açtı, yatağının yanına gitti ve bir dakika boyunca ona baktı. On üç yıl boyunca sadece onun için yaşadı ve karnında büyürken onu aldırmayı reddetti. Thoma Kunj doğduğunda Emily on dokuz yaşındaydı.

Otuz iki ölmek için genç bir yaştı.

Emily kilisenin önündeki haçın üzerinde tek başına öldü.

Yağmurlu bir geceydi; Emily evinden yürüyordu; sol elinde ip, sağ elinde plastik bir tabure vardı. Zifiri karanlıkta yaklaşık beş yüz metre yürüdü; on üç yıldır her Pazar, bayram günleri, tüm azizlerin günleri ve tüm ruhların günlerinde binlerce kez yürüdüğü için yolu çok iyi biliyordu.

Kilisenin çan kulelerinden gelen loş ışık, devasa koyu granit haçın üzerine uzun gölgeler düşürüyordu ve İsa'nın metal heykeli büyük bir kertenkeleye benziyordu.

Emily düzenli olarak kiliseye giderdi ve Thoma Kunj da küçük bir çocukken ona eşlik ederdi.

Kurien kiliseye gitmeyi reddediyordu; Tanrı'ya inanmıyordu; domuzları tercih ediyordu.

Kurien, Emily ve Thoma Kunj'un kiliseye gitmesine karşı çıkmadı; inançlarını asla başkalarına dayatmadı. Karısını ve oğlunu seviyor ve onlar için yaşıyordu. Teyzesi Emily ile kilisede evlenmek için ısrar ettiğinde, onunla birlikte kiliseye gitti.

George Mooken ve Parvathy ona bir iş vermişti ve o da buna minnettardı. Kurien bir veterinerlik okulunda domuz yetiştiriciliği üzerine bir yıllık sertifika kursunu yeni tamamlamıştı ve domuz çiftliği sorumlusu için küçük bir ilan gördü. Ayyankunnu'ya gitti ve Parvathy ve Mooken ile tanıştı; onu sevdiler ve coşkusunu, sistematik yaklaşımını, umudunu ve bağlılığını takdir ettiler. Henüz on yedi yaşındaydı. Kurien, George Mooken'in arazisinin bir köşesine küçük bir kulübe inşa etti ve daha sonra Emily ve Thoma Kunj ona katıldığında Mooken kulübenin etrafındaki yarım dönümlük araziyi ona hediye etti.

Emily ve Thoma Kunj'u Ayyankunnu'ya getirmeden önce yedi yıl boyunca onlarla birlikte çalıştı. Kurien ilk kez üç günlük bir tatil yaptı ve babasının yaşayan tek akrabası olan kız kardeşi Mariam ile tanışmak için Kottayam'a gitti. Kırk yıl boyunca İngiltere'de hemşirelik yapan Mariam, doktor olan kocası öldüğünde çocuklarını ve onların çocuklarını

İngiltere'de bırakarak eşiyle birlikte Kottayam'da inşa ettikleri eve geri dönmüştü.

Kurien annesini çok küçükken kaybetmiş, vergi tahsildarlığında memur olan babası ise bir daha evlenmemiş, alkole yönelmiş, her şeyini kaybetmiş ve bir sokak köşesinde ölmüş. Kurien on yaşından beri bir ahırda çalışmış, okuluna devam etmiş, mezun olmuş ve ardından domuz yetiştiriciliği üzerine bir yıllık sertifika kursuna katılmış.

Babasının kız kardeşiyle geçirdiği ikinci günde, akşam saat yedi sularında Kurien, teyzesinin evinin yanındaki Jubilee Park'ta tek başına oturan genç ve hamile bir kadın gördü. Yardıma ihtiyacı olduğunu fark etti. Yağmur çiseliyordu ve hava kararıyordu; kadının yanına gitti. Domuz hisleriyle kadının hamileliğinin son evresinde olduğunu ve acil yardıma ihtiyacı olduğunu hissetti. Kadın ona gidecek hiçbir yeri olmadığını söyledi ve Kurien hiçbir şey düşünmeden onunla birlikte teyzesinin evine gitmesini istedi. Kadın yürüyemiyordu; Kurien onu kollarında taşıdı.

Mariam hiç vakit kaybetmedi. Emily'yi içeri aldı, onu ılık suyla temizledi, besleyici yiyeceklerle besledi ve bacaklarına ve kollarına masaj yaptı. Bütün gece uyumadı ve hamile kadının yanında kaldı. Ertesi gün saat tam dördü beş geçe Emily doğum yaptı. Kurien gece boyunca teyzesine yardımcı olmak için oradaydı ve George Mooken'in domuz ahırındaki deneyimi ona çok yardımcı olduğu için çocuğa ilk dokunan o oldu.

Yedinci gün Mariam bebeği kiliseye götürdü; Emily ve Kurien de onu takip etti. Çocuğu vaftiz ettiler; Mariam, Kerala'da Hıristiyanlığın kurucusu olan Havari Aziz Thomas'ın anısına bebeğin adı olarak Thomas'ı önerdi. Rahip Aramice-Süryanice ve Malayalamca dualar okudu.

Mariam bir parti düzenledi ve o akşam için kilise papazını, papaz yardımcısını, papaz yardımcısı çocukları ve yakın komşularını davet etti.

Kurien tatilini bir hafta daha, toplam on gün uzattı ve ertesi gün Emily ve Thoma Kunj'u Mariam'a emanet ederek Malabar'a dönmeyi planladı. Emily'ye ertesi gün geri döneceğini söyledi. Emily ona baktı ve sessizce ağladı.

"Benimle gelmek ister misin? Bir domuz ağılında çalışıyorum; işverenimin arazisinde inşa edilmiş bir kulübeden başka hiçbir şeyim yok," dedi Kurien.

Emily, "Seninle dünyanın herhangi bir yerine gitmeyi çok isterim; servete değil, sadece sevgiye ve sevecek birine ihtiyacım var," diye cevap verdi.

"Emin misin?" Kurien Emily'den güvence almak istiyordu.

"Kesinlikle. Seninle yaşayacağım ve seninle öleceğim," dedi Emily.

Kurien ve Emily kararlarını Mariam'a anlattılar. Mariam, Emily'ye bir gelinlik, Kurien'e bir takım elbise ve iki alyans hediye ettikten sonra onları tekrar kiliseye götürdü. Rahibin huzurunda Emily ve Kurien birbirlerine verdikleri sevgi ve bağlılık sözü olan yeminlerini ettiler. Yeminlerini telaffuz ettikten sonra, yüzük parmağının doğrudan kalplerine giden bir damarı olduğuna inanarak sol elin dördüncü parmağındaki alyansları değiştirdiler. Bunun üzerine rahip Emily ve Kurien'i karı koca ilan etti.

"Şimdi sizi karı koca ilan ediyorum."

Son olarak rahip onları "Baba, Oğul ve Kutsal Ruh adına" kutsadı.

Mariam, Thoma Kunj'u evlat edinmek istediğini, çünkü Emily ve Kurien'in dedikodu ve karakter suikastının kurbanı olmayacaklarını ifade etti. Thoma Kunj'u gerçekten seviyordu ve ona torunu gibi bakmaya, onu bir doktor, mühendis ya da IAS subayı olarak yetiştirmeye hazırdı.

Emily oğlu ve kocası olmadan bir dünya hayal edemiyordu.

Mariam, yalnız hayatından bıktığı için yaşlılığında sevebileceği birinin olmasını istiyordu; yine de Emily'nin oğluna olan sevgisini anlıyordu.

Emily, Kottayam'dan Thalassery'ye giden trene bindiklerinde Thoma Kunj'u kalbine yakın tuttu.

Bu Emily'nin Malabar'a yaptığı ilk yolculuktu ve Ayyankunnu'yu sevmişti. Parvathy ve George Mooken, Emily, Thoma Kunj ve Kurien'i ellerini açarak karşıladı ve Emily ile bebeği karşılamak için çiftlik evlerinde tüm çalışanları için bir parti düzenledi. Parvathy Emily ile durmadan konuştu ve onunla tanışmaktan, komşusu ve arkadaşı olmasından duyduğu mutluluğu dile getirdi.

George Mooken ve Parvathy, Emily, Thoma Kunj ve Kurien'e barınaklarının çevresinde yarım dönümlük bir arazi hediye etti.

Kurien ve Emily küçük kulübelerinde yaşamaya başladılar ve Parvathy ile George Mooken bir ev inşa etmeleri için onlara maddi yardımda bulunacaklarına söz verdiler. Emily onlara çalışması gerektiğini ve doğrudan maddi yardım beklemediğini söyledi. Ancak öğretmenlik eğitimi diploması olmadığı için ilkokul öğretmeni olarak iş bulma yeterliliğine sahip değildi ve üniversiteyi bitirmemişti, bu da onu başka işlere girmeye uygun kılmıyordu.

Emily her işi yapmaya hazırdı ve ahırda ya da domuz çiftliğinde çalışmak istediğini ifade etti ancak Parvathy onun cesaretini kırdı.

Emily kiliselerine ait bir okulda süpürgecilik işi için başvurdu. Maaş devletten geliyordu ama okulun müdürü olan piskoposa yüklü bir rüşvet ödeyemezdi. George Mooken, Emily'ye evlerinden yaklaşık iki kilometre uzakta, devlet tarafından işletilen bir okulda süpürgeci açığı olduğunu söyledi ve Emily işe başvurdu. Üç ay içinde, Emily eğitim memurundan bir atama emri aldı.

Devlet okulundaki işi kabul ettiğinde papaz Emily'den hoşnut değildi. Emily, kilise papazına kiliseye teşvik primi ödemenin kendisi için zor olduğunu açıkladı. Bununla birlikte, devlet okulunda herhangi bir ödeme yapmasına gerek yoktu, çünkü atama kriteri onun nitelikleriydi.

Thoma Kunj beş yaşına geldiğinde, evden sadece beş dakikalık yürüme mesafesinde olan kilisenin işlettiği okula gitmeye başladı. George Mooken okulda bir koltuk alabilmek için papaza on bin rupi bağışladı. Thoma Kunj derslerinde ve ders dışı etkinliklerde başarılı, neşeli bir çocuktu. Annesi gibi o da Malayalamca ve İngilizceyi çok iyi konuşabiliyordu; birçok öğretmen onu kıskanıyordu.

Thoma Kunj kollarını Kurien'in boynuna, bacaklarını da beline dolayarak sırtında gezdirmekten hoşlanırdı. Kurien de her fırsatta onu sırtında taşımaya bayılırdı. Emily baba ve oğlun ata binişini izlerken sık sık kahkahalarla gülüyordu.

Aile her üç ayda bir Kannur ve Thalassery'ye seyahat ediyor, sahilde uzun saatler geçiriyor ve kumda top atma oyunu oynuyordu. Akşamları Malayalam ve Hollywood filmleri izler, otelde kalır ve dışarıda yemek yemeyi severlerdi.

İki kez Kottayam'a gidip Mariam'ın yanında kaldılar ve Mariam, Thoma Kunj ve Emily'ye giysiler de dahil olmak üzere bir çanta dolusu hediye vermeyi asla unutmadı. Ancak Mariam'ın ani ölümü Kottayam'a yaptıkları seyahatlerin sonunu getirdi.

Thoma Kunj hem Kurien'i hem de Emily'yi seviyordu. Her akşam domuz çiftliğinde uzun saatler çalıştıktan sonra babasının dönmesini bekliyordu. Haftada iki kez Kurien bir şoförle Bangalore, Mysore ve

Karnataka'daki diğer uzak yerlere gidiyordu, çünkü Kurien oradaki birçok restoran ve otele domuz eti dağıtımını yönetiyordu. Thoma Kunj için hediyeler, özellikle de bilim ve teknoloji kitapları almayı asla unutmazdı.

Kurien, Thoma Kunj'un en iyi arkadaşıydı ve Emily de onun kardeşiydi. Arzularını ve beklentilerini onunla paylaşırdı ve Emily onu hevesle dinlerdi. Kurien'in ani ölümünden sonra Emily, Thoma Kunj ile ailelerini, mali durumlarını ve planlarını tartıştı. On iki yaşına geldiğinde, Emily mahrem bir sır olarak sakladığı geçmişini onunla paylaştı. Emily, Thoma Kunj'a saygı duyuyor ve onun on iki yaşına geldiğinde karmaşık insan sorunlarını anlayabilecek olgun bir insan olacağını düşünüyordu. Thoma Kunj tüm kaygı ve endişelerinde annesinin yanında yer aldı.

Thoma Kunj Emily'nin görünüşünü seviyordu. Eşine az rastlanır bir çekiciliği vardı ve annesinin güzel olduğunu düşünüyordu. Koyu renk ve güzel görünen kısa saçlarını taramayı çok severdi.

Emily mahallesindeki kadın grubunun aktif bir üyesiydi. Kadınlar onun konuşma yeteneğini ve fikirlerini açık bir dille ifade etmesini seviyorlardı. Birçok evi ziyaret etti ve kocalarının alkolik olması ve çoğunlukla kadınların mağdur olduğu aile içi şiddet gibi birçok sorunlarını çözmek için kadınlarla ve kızlarla birlikte oldu.

Emily her Pazar öğleden sonra Thoma Kunj'u evlerinden yaklaşık on iki kilometre uzaklıktaki kasabada bulunan Yaşlılar Evi'ne götürüyordu. Emily'nin iki tekerlekli bir arabası vardı ve zahmetsizce kullanıyordu. Yaşlılar Evi'nde çoğu dul ve reddedilmiş kadınlardan oluşan yaklaşık altmış beş mahkum vardı. Kadınların çoğu altmış beş ile seksen yaş arasındaydı. Çok sayıda gönüllü, gönüllü işler yapmak için evi ziyaret ederdi. Emily yemekhaneyi, oturma odalarını, yatakhaneleri ve tuvaletleri temizler ve paspaslardı. Bazen mahkumların kıyafetlerini çamaşır makinesinde yıkıyor, mahkumlara banyo yaptırıyor ve vücutlarını havlularla kuruluyordu. Thoma Kunj her zaman Emily'nin yanındaydı ve annesine işlerinde yardımcı oluyordu. Yaşlı insanlara karşı bir yakınlık ve sevgi geliştirdi ve onların duygularını, özellikle de ıstırap, endişe, üzüntü ve kederlerini anlamaya çalıştı. Dul kadınların oğulları tarafından evlerinden atıldığını ve bazılarının sokak köşelerinde sefil bir hayat sürdüğünü biliyordu. Çoğu pencere, başta çocukları olmak üzere yakın akrabaları tarafından kurumlarda tutuluyordu. Thoma Kunj onların hikayelerini empatiyle dinledi. Bu kadınlar pek çok sorunla karşı karşıyaydı: kocalarından daha uzun yaşıyorlardı, çocukları yurtdışına yerleşmişti ve bazı kadınlar yaşlılıklarında kendilerine bakacaklarına güvenerek tüm mal varlıklarını çocuklarına bırakmıştı.

Reddedilenlerle kurduğu yakınlık ve akrabalık Thoma Kunj'un hayattaki amacı olan kendi kendine yetmeyi geliştirmesinde etkili oldu. Kendisini evdeki tüm sakinlerle bir hissetti; onların hikayeleri onun hikayesiydi, acıları onun acısıydı, umutları onun umuduydu ve sevinçleri onun sevinciydi. İnsan yaşamının amacına ilişkin algısı, diğerleriyle yaşadığı deneyimlerin toplamından kaynaklandı ve herkese gölge sağlayan bir banyan ağacı gibi büyüdü. Varoluşunu aştı ve diğerlerinin duygularını kucakladı, diğerinin refahı için eşit bir sorumluluk geliştirdi, çünkü onunla diğeri arasında hiçbir fark yoktu.

Thoma Kunj kendini unuttu; öteki olarak evrimleşti.

Thoma Kunj'un duygusal ve psikolojik gelişiminde Emily'nin ilhamı, sözlerinde ve eylemlerinde belirgindi. Hayatını ve geleceğini şekillendiren baskın bir egosu olmadan büyüdü. Emily onun cazibe merkeziydi; başkalarına olan sevgisi, sadeliği, cesareti ve açık sözlülüğü onu büyülüyordu.

Emily, kadınların temsilcilerinden biri olarak yerel kilise meclisine üye seçildi. Kurulda üç kadın ve yedi erkek üye vardı. Diğer iki kadın, kilise okulunda öğretmenlik yapan manastır rahibeleriydi. Rahibeler mezun ve öğretmen oldukları için her zaman üstünlük gösteriyorlardı. Emily'ye toplumda herhangi bir statüsü olmayan dokunulmaz bir kadın gibi davranıyorlardı. Emily fikirlerini etkili bir şekilde aktarabilen daha iyi bir konuşmacı olduğu için onu kıskanıyorlardı. Kıskanıyorlardı çünkü Emily daha iyi İngilizce biliyordu ve korkusu yoktu; fikirlerini açıkça ifade ediyordu.

Rahip, kadınların kilise meclisi toplantısında konuşmalarını engelledi ve rahibeler derin bir sessizliğe büründü. Emily ne zaman konuşmak istese, papaz ona toplantının erkekler için olduğunu ve kadınların görevinin papazı dinlemek olduğunu hatırlattı. Emily rahiple aynı fikirde olmadığını ifade etti ve zamanla rahibin Emily'nin İncil'i okumadığı için kilisede kadınların konumunu bilmediğiyle alay etmesi adet haline geldi. Erkeklerin çoğu rahiple aynı fikirdeydi ve Emily'yi iddialı davranışları nedeniyle azarlıyorlardı. Bir kadının kilise rahibinin önünde cesur olmaması gerektiğini söylediler.

Rahip İncil'i aldı ve Aziz Pavlus'un Timoteos'a yazdığı ilk mektubu okudu:

"Bir kadının bir erkeğe öğretmesine ya da onun üzerinde otorite kurmasına izin vermiyorum; sessiz olmalı."

Bu bölümü okuduktan sonra rahip, kadınların kilisede ve toplumda sadece ikincil bir konuma sahip olduklarını söyledi. Erkeklere, özellikle de kilise rahibine itaat etmeleri gerekiyordu.

Emily hiçbir şey söylemedi. Düşünceli bir sessizlik içinde kaldı.

Bir başka sefer Emily, kilisede üniversite eğitimi alamayan kızlar hakkında konuşmak istedi, çünkü birçok ebeveyn yüksek öğrenimi oğullarına tercih ediyordu. Rahip ondan çenesini kapatmasını istedi ve ona ailesinde ve kilisede sessiz kalması gerektiğini söyledi. Konuşmasına izin verilmiyordu ama boyun eğmesi gerekiyordu.

Emily rahibe hala Orta Çağ'da olduğunu, dünyanın yüzyıllar içinde büyük ölçüde değiştiğini ve kadınların isim ve şöhret kazandığını söyledi. Ayrıca, hiçbir kültür ya da medeniyet kadınların katılımı olmadan ayakta kalamazdı.

Kilise rahibi eliyle sert bir işaret yaptı ve Emily'ye bağırdı. İki rahibe ve neredeyse tüm erkekler Emily'yi taciz eden papazı destekledi. Ancak Emily rahibe, onun şimdiye kadar gördüğü en kötü kadın düşmanı olduğunu söyledi. Rahip çok öfkelendi ve Emily'yi kilise meclisinden uzaklaştırdı. Bir sonraki toplantıda komiteye başka bir rahibe seçildi.

Bu durum Emily'yi etkilemedi ve ona kilise ve Tanrı olmadan da yaşayabileceklerini söyleyen Kurien ile her şeyi tartıştı. Her ikisi de insan hayatı üzerinde önemli bir etkiye sahip olsa da, onları reddetmeye karar verirlerse onlarsız yaşamak kolaydı. Dini ve Tanrı'yı efsanevi ve batıl inançlı, baskıcı ve ataerkil, evrimsel kültür sürecinin kısır uzantıları olarak düşünün. Erkekler dini, kadınları ezmek ve onları kölelik ve cinsel istismar altında tutmak için yaratmıştır. Tarih, erkeklerin dini aklı başında sesleri, toplumsal ilerlemeyi ve demokrasiyi bastırmak için bir silah olarak kullandığını göstermektedir. Din her zaman demokrasiye ve aydınlanmaya karşı olmuştur. Emily Kurien'i ilgiyle dinledi, çünkü kocası özgürlük ve eşitlik arayan kadınların, özellikle de karısının özlemini anlıyordu. Yaşadığı sıkıntılarda onun yanında bir kaya gibi durdu.

Emily ve Kurien birbirlerini seviyor ve birbirlerine değer veriyorlardı ve Thoma Kunj onlardan temel sevgi derslerini öğrenmişti. Onların varlığı Thoma Kunj'u zenginleştiriyor, sözlerini ve davranışlarını dikkatle izliyordu. Onlar onun için her zaman bir ilham kaynağıydı.

Thoma Kunj anne ve babasını izleyerek egoizmin ötesinde bir yaşam felsefesi geliştirdi. Ailesi George Mooken ve Parvathy'den gelen hediyeleri okulundaki diğer öğrencilerle paylaşmayı sevdiği için herkesin onurlu bir şekilde var olabileceği bir yer vardı. Çocukluğundan itibaren, başkalarının da acıları ve üzüntüleri, kaygıları ve hüzünleri olduğunu ve bunların herkesin hayatını olumsuz etkileyebileceğini ve onların hayatlarına değer vermelerine yardımcı olma görevi olduğunu anladı. Yalan söylemeyi reddetti ve başkalarına acı vermekten kaçındı. Diğer öğrenciler de onunla aynı arzuya, kalbinde sakladığı benzer duygulara ve içinde taşıdığı benzer endişelere sahipti. Dördüncü sınıfa kadar neredeyse tüm kız ve erkek çocukların şefkatli ve düşünceli davrandığını fark etti. Beşinci sınıfa geçtiklerinde ya da on yaşına geldiklerinde empati ve soğukkanlılıklarını giderek kaybettiklerini fark etti. Thoma Kunj'un içinde olduğu gibi kalma, ebeveynlerinden öğrendiklerini ve onların kendisine aşıladığı değerleri uygulama arzusu vardı. Ancak başkaları onu şüpheyle izlediği, hakkında muzip yorumlar yaptığı ve bazen onu kindar planların kurbanı haline getirdiği için bu durum hayatında gerginlik ve çatışmalara yol açtı.

Ailesiyle ya da yalnız seyahat ettiğinde yol arkadaşlarına karşı nazik davranıyordu; bazen de davranışları yanlış yorumlanıyordu. Başkalarına, özellikle de yabancılara karşı fazla dostça davranmaması gerektiğini öğrendi.

Thoma Kunj, Calicut havaalanından Kochi'ye ilk uçuşunu gerçekleştirdi ve yolcuların uçak girişine doğru birbirlerini itip dirseklediklerini görünce dehşete düştü. Aynı davranışlara büyük şehirlerde ve pazar yerlerinde uçaktan iniş sırasında da tanık oldu. Temel insan davranışları her durumda aynıydı ve değiştirilemezdi, çünkü insanlar zorlu koşullarda hayvanlar gibi davranıyorlardı. Thoma Kunj, And Dağları'ndaki uçak kazası kurbanlarının hikayesini okuduğunda, yüksek eğitimli, güçlü, varlıklı ve nüfuzlu kişilerle cahil, zayıf, yoksul ve nüfuzsuz kişilerin davranışları arasında hiçbir fark olmadığını öğrendi. Bazı yolcular arama ekipleri gelene kadar yamyamlığa başvurarak hayatta kalmışlardı.

Thoma Kunj, iki denizcisiyle birlikte kamarot Richard Parker'ı öldürüp yiyen Mignonette'in Kaptanı Dudley'in tutumunu destekleyenlerle aynı fikirde değildi. Güney Atlantik'te bir gemi kazasına uğramışlardı ve on dokuz gün boyunca hiç yiyecekleri olmamıştı. Kamarotu öldürüp yemek tek seçenekleriydi. Thoma Kunj, insanların kolektif yaşamını yöneten yasaların doğası üzerine düşündü. Belirli görev ve hakların, sosyal sonuçlardan bağımsız nedenlerle toplumun saygısını kazanması gerektiğine dair bir değer sistemi geliştirdi. İnsanlar biyolojik olarak benmerkezciydi ve diğer hayvanlar gibi kendi çıkarları için davranıyorlardı, ancak Thoma Kunj farklı olmak istiyordu; başkalarının duygularına saygı duyarak bencilce yaşamak istiyordu.

Thoma Kunj yalnızlaştı ve sessizleşti, her yerde, özellikle de okulda yapılan yanlışlarla yüzleşti. Arkadaşları gittikçe daha bilinçli, kendini geliştirmekle ilgilenen ve sonuç olarak başkalarını aşağılayan kişiler haline geldi. Çoğu öğretmen bireyselliği ve kişisel başarıyı teşvik ediyordu; bu durum Thoma Kunj'a acı veriyordu. Cumhuriyet Bayramı geçit törenine katılmak üzere seçildiğinde, neredeyse tüm arkadaşları onu övmek ve cesaretlendirmek yerine aleyhinde dedikodu yaptı. Birdenbire kıskançlıklarının hedefi haline gelmişti, ancak Thoma Kunj için onlardan hiçbir şey almamış, onlara karşı kötü konuşmamış ya da onları incitmemişti.

Arkadaşlarıyla arasında kapatılması zor büyük bir uçurum olduğunu gördü.

Bazıları "O bir süpürgecinin oğlu ve onu nasıl seçebildiler?" diye sordu. Onlar için seçilme kriteri ebeveynlerin statüsü, sosyal geçmişi ve maddi durumuydu.

Birkaç öğretmen de "Ölen babası bir domuz çiftliğinde çalışıyordu ve Cumhuriyet Bayramı geçit törenine katılıyor" yorumunda bulundu.

Thoma Kunj öğretmenlerine acıdığını hissetti. Onların insanlığa bakışı ince, dar görüşlü, değer sistemlerini küçümseyen ve öz saygıdan yoksundu.

İnsan yeteneğini ve insanlığı ölçmek için kullanılan standartlar farklıydı. Öğretmenler ve öğrenciler bunu kolektif bir başarı, kutlama ve mutluluk için ortak bir neden olarak görmediler. Bunun yerine nefret ve kıskançlık aşıladılar. Thoma Kunj başkasına verilen hiçbir şeyi geri almadı; Cumhuriyet Bayramı Geçit Törenine katılmak üzere seçilmesi açık, belirli ve kendinden emin seçimlere dayanıyordu ve o bu ölçüleri karşıladı. Yine de Thoma Kunj kendisinin daha liyakatli olduğuna inanmıyordu, zira liyakat seçimde bir ilke olmamalıydı çünkü liyakat başkalarının sahip olamayacağı belirli bir sosyal ve psikolojik arka planın sonucuydu. Yani çaba, liyakat için bir neden değildi.

Ancak Thoma Kunj geçmişi ve liyakati nedeniyle arkadaşları tarafından reddedildi; her ikisi de onun eseri değildi ve her ikisini de reddetmek istedi. Hayatı farklı olmak için bir deneydi; farklı bir yaşam algısı arzuladı ve olayları bencil olmayan bir yaşam prizmasından gözlemledi. Kimse ona bunu öğretmemişti ama bu bir aydınlanmaydı, yeni bir farkındalıktı ve odak noktası kimseyi incitmemekti. Yalan söylemek ya da kendini savunmak istemedi ve sessiz kalmayı arzuladı. Babasının kaybı onu bu yeni evrim sürecinde şekillendirdi. Kendini başkalarının yerine koydu ve diğerleri onu özverili bir adam olarak göremedi ya da bencil ve benmerkezci olmayı başaramadılar.

Bu Thoma Kunj için bir mücadeleydi, tıpkı Emily'nin kilise rahibiyle olan mücadelesi gibi. Acı vericiydi ve unutması zordu, çünkü kendini sürekli eğitmesi gerekiyordu. Başkalarını gözlemledi, her bireyin hayatta bir hedefi olduğunu öğrendi ve buna ulaşmak için çabaladı. Herkesin üzücü ve mutlu geçmişleri vardı; bunlar kendisininki kadar acı verici ya da değerliydi.

Annesi Emily ile Yaşlılar Evi'nde çalışmak bir metanoya gibiydi; zihnini, kalbini ve yaşam biçimini değiştirdi. Kendisinde başkalarını, başkalarında da kendisini görmeye başladı. Ancak bir kez bir arkadaşına kızdığında, bu hayatını büyük ölçüde değiştirdi. Appu'ya vurmaya hiç niyeti yoktu; yine de oldu. Bunun acı verici cezaları oldu. Barış içinde bir arada yaşamak için elinden geleni yapmak yeterli değildi; düşmanlar bir anda ortaya çıkabilirdi. Bu Emily'nin de başına gelmişti.

Papaz Emily'nin kilise meclisi toplantısında soru sormasından hoşlanmamıştı. Onu konsey üyeliğinden çıkarmış olsa da, zihninde ona karşı bir kin besliyordu. Ne zaman bir fırsat bulsa Emily'yi herkesin önünde küçük düşürmeye çalışıyordu. Ancak Emily mantıklı ve alçakgönüllü bir şekilde konuşabiliyor, rahibin kibrini ve cehaletini ortaya çıkarabiliyordu. Papaz, Emily'nin konuşma fırsatı bulamayacağı Pazar günkü vaazında onu utandırmayı düşündü. Papaz Emily'nin Pazar ayinlerine düzenli olarak katıldığını biliyordu ve vaazı sırasında Emily'yi azarlamayı planlıyordu. Pazar konuşmaları çoğunlukla İncillerden ve havarilerin mektuplarından oluşuyordu ve birçok Pazar Aziz Pavlus'tan bir alıntı arıyordu.

O Pazar, birinci Korintliler'in on birinci bölümünden bir alıntı okumuştu ve vaazı da bu okuma üzerineydi. Net bir sesle, okuduklarını tekrarladı.

"Erkek Tanrı'nın yüceliğidir ve bu nedenle başını örtmemelidir. Kadın erkeğin yüceliğidir." Sonra kilisede toplanmış olan imanlılara baktı ve gözleri tavşan avlayan vahşi bir kel kartal gibi Emily'yi aradı.

Emily ikinci sırada oturuyordu; kilisede başını asla örtmezdi ve kısa saçlarını ortaya çıkarırdı.

Sanki inananlara sesleniyormuş gibi vaazına devam etti: "Bir kadın başını örtmelidir."

Emily kilisede başını örtmeyi reddeden tek kadındı ve rahibin kendisinden bahsettiğini anlamıştı. Kadınlar ve erkekler Emily'ye kötü bir merakla baktılar ve bazıları dedikodu yapmaya başladı. Rahip, Emily'nin ve cemaatin söylediklerinin derin anlamını anlamasından dolayı kendini mutlu hissetti.

Rahip bir kez daha Emily'ye bakarak şöyle dedi:

"Bir kadının saçını kesmesi utanç vericidir."

Birkaç saniyelik sessizlikten sonra rahip tekrar konuştu:

"Eğer koca lütuftan yoksunsa, kadının yaptığı şey onun şanıdır."

Rahip onun ölmüş kocasını hedef alıyordu. Kurien inançlı biri değildi ve hiçbir zaman kilisedeki ayinlere katılmamıştı. Bir rahibin artık hayatta olmayan bir kişi hakkında kötü konuşması, üstelik bunu kürsüde yapması dindışı bir davranıştı. Kötü bir eylemin sınırı yoktu ve bir papaz sınırsız bir güce sahip olduğunda çok çirkinleşebilirdi ve dinleyiciler tepki veremez ve karşı koymaları yasaktı. Kurien'in altın gibi bir kalbi vardı ve rahibin karşısında bir soyluydu. Emily'nin kalbi yanıyor ve kanı kaynıyordu. Ancak toplum tarafından tepki göstermesi engellenmişti çünkü kilise, rahibin son akşam yemeğini ve çarmıha gerilişi anmak için ekmek ve şarabı İsa'nın bedeni ve kanına dönüştürdüğü kutsanmış bir yerdi. Rahip ölü bir adama ve karısının fiziksel görünümüne karşı kötü konuşmamalıydı. Saç modeli bir kadının kişisel tercihiydi, özgürlüğünün ve eşitliğinin bir ifadesiydi; hiçbir rahibin, hiçbir kilisenin bunu reddetme, hakkında kötü konuşma yetkisi yoktu.

Kurien'in Emily'nin saçlarını düzeltmesine bir itirazı yoktu; saç şeklini görmekten mutluydu ve onu her zaman ihtiyaçlarına ve seçimlerine göre özgür bir kadın olmaya teşvik etti. Emily rahibe bakarken, "kapa o pis çeneni, kadınlar hakkında kötü konuşma" diye kükremek istedi ama kendini kontrol etti. Birinci yüzyılda, Tarsuslu bir deli, bir Yunan fanatiği ve bir erkek şovenisti, Korint'teki erkeklere aptalca mektuplar yazdı. Kocalarından her zaman bir adım önde olan ilerici kadınları kontrol etmek istiyordu. Adı Pavlus'tu ve İsa'yla hiç tanışmamış olmasına rağmen İsa'nın öğrencisi olduğunu iddia ediyordu. Ama Pavlus İsa'yı Mesih'e, hayali bir varlığa, insan ve Tanrı'nın bir karışımına, Tanrı'nın cinsiyetsiz bir oğluna dönüştürdü.

Pavlus bir şakacı, bir baskıcı, her zaman İsa'yla birlikte yürüyen ve onun benzetmelerini dinleyen İsa'nın kadın arkadaşlarına boyun eğdirme deneyimine sahip bir köktenciydi. Bir erkek öğrenci olan Yahuda İskariyot tarafından ihanete uğradığında onunla birlikteydiler. Başka bir erkek olan Petrus, İsa Golgota'ya götürüldüğünde İsa'dan kaçtı. Romalılar İsa'yı çarmıha gerdiklerinde, kadın arkadaşları İsa'nın yanındaydı; Yuhanna dışındaki tüm erkekler ortadan kayboldular ve kendilerini kurtarmak için karanlığa saklandılar. Mecdelli Meryem O'nun mezarında üç gece geçirdi ve dirildiğinde O'nu ilk gören kişi oldu. Sevinç ve mutluluktan şaşkına dönmüştü ve ona İbranice ve Aramice'de koca için kullanılan bir terim olan "Rabbim" diye seslendi.

İsa'nın erkek öğrencileri Mecdelli Meryem'i, kocasını inkâr etmek istediler. Onu, konumunu ve yakınlığını çalmaya çalıştılar ve ona fahişe dediler. İsa'nın erkek öğrencileri kadınların kilisedeki haklı konumlarını inkar ettiler. Emily de rahibin aynı şeyi yaptığını düşünüyordu. Yirmi yüzyıl sonra bile kilise bu inkâr içinde yaşamaya devam etti. Kadın düşmanlarından oluşan bir örgüt olmak istiyordu. Emily oturduğu yerden kalktı; etrafına bakındı; tüm cemaat ona bakıyordu.

"Papazdan utanıyorum. Sözleri İsa'ya ait değil; bir dul hakkında kötü konuşmak için kürsüyü kötüye kullanıyor; rahmetli kocam hakkındaki aşağılayıcı sözlerine itiraz ediyorum. Kendisi ateist olmasına rağmen hiç kimseye zarar vermedi ya da başkaları hakkında kötü konuşmadı. Eğer din adamı Tanrı'ya inanıyorsa, O'na hesap vermek zorundadır," dedi Emily sakince ve dışarı çıktı.

Kilisenin içinde iğne ucu kadar sessizlik vardı. Cemaat şaşkınlıkla rahibe bakıyor ve kimse vaizin kalan vaazında ne dediğini anlayamıyordu.

Pazar vaazı cemaat arasında aylarca devam eden bitmek bilmeyen tartışmalar, gerginlikler ve çatışmalar yarattı. İnananları üç belirgin gruba böldü, en önemli çoğunluk olan rahibi destekleyenler. Rahipten ve piskopostan korkuyorlardı, rahibin lanetinden, vaftiz ve evlilik törenlerinin reddedilmesinden ve kilise mezarlığına gömülmekten korkuyorlardı. Kilise tarafından yönetilen okullarda, kolejlerde, hastanelerde ve diğer kurumlarda iş sahibi olmak için, cemaat rüşvet ödemek zorunda kalsa da, rahiplerin ve piskoposun desteğine ve tavsiyesine ihtiyaçları vardı. Bazıları tarafsız bir pozisyon aldı. Vaaz sırasında bir kadını taciz etmek sorun değildi; onlar benmerkezciydi. Küçük bir azınlık ise rahibin Pazar konuşması sırasında kullandığı küfürlü dile şiddetle karşı çıktı. Açıkça Emily'yi desteklemiyorlardı ama rahibin bir kadına ve ölmüş kocasına karşı sarf ettiği ahlaksız sözlere itiraz ediyorlardı. Bu türden sadece yarım düzine cemaat üyesi vardı ve seslerini çok yükseltiyorlardı.

Altı ay sonra Emily, piskopostan kendisini kasabadaki piskoposluk binasında görmek istediğine dair bir mesaj aldı. Kurien'in ölümünden sonra Emily bir kez bile kasabaya gitmedi; onunla gidecek kimse yoktu. Okuldan bir gün izin almak ya da Thoma Kunj'dan onunla birlikte giderek dersini kaçırmasını istemek istemiyordu. Bir ay sonra piskopos, bölge rahibi aracılığıyla Emily'ye hoşnutsuzluğunu belirtti. Bir Pazar vaazı sırasında okunmak üzere rahibe bir mektup gönderdi. Piskopos mektubunda, kilise papazının izni olmadan hiçbir cemaat üyesinin kilise içinde konuşmaması gerektiğini kesin bir dille ifade etti. Vaaz sırasında ya da sonrasında rahiple tartışmak ya da karşı sorular sormak kabul edilemezdi ve buna cüret eden kişi aforoz edilebilirdi. Piskoposun mesajı inananlara yönelik sağlam ve sert bir uyarıydı. Pazar konuşması sırasında Emily'yi taciz eden bölge papazının kabahati konusunda ise sessiz kalmayı tercih etti.

Piskoposun mektubu papaza yeni bir güç, Pazar ayini sırasında bile herhangi birini taciz etme ruhsatı verdi. Özgürlüğünden ve gücünden memnundu ve bunu Emily üzerinde test etmek için fırsat kolluyordu. Dedikodudan korktukları için pek çok kişinin dul kadını açıkça desteklemediğini biliyordu. Rahip konuşmasını birçok kez prova etti, özellikle de banyoda. Emily'nin yüzü defalarca gözünün önüne geldi, görünüşüne duyduğu gizli takdir ve kişisel cesaret kalbini doldurdu. Bilinçli olarak onunla ilgili cinsel fanteziler kuruyor, sarılıyor ve sevişiyordu. Ancak dürtülerini yerine getiremediği için sık sık kederleniyordu ve Emily onun zihinsel istismarının hedefi olmaya devam etti. Rahibin kuluçkaya yatmış erotik arzuları onu bunaltıyor, bu da onu bir sıkıntı, hayal kırıklığı ve nefret cehennemine fırlatıyordu. Kürsüye her yaklaştığında, gözleri Emily için cemaati tarıyordu.

Emily haftalarca kiliseye gitmedi; itirazı bir nefret tacirini dinlemekti. Bir Pazar günüydü, Kurien'in ikinci ölüm yıldönümüydü ve Emily kiliseye gitmeyi düşündü; her zamanki gibi kilise inananlarla doluydu. Emily başını örtmeyen tek kadındı; onun bu kararı dayatılan değerleri reddetmeye, Pavlus'un öğretilerine ve kadınların erkeklerin kölesi olmaya zorlanmasına karşı bir isyana dayanıyordu. Bu aynı zamanda kiliseye, piskoposa ve kadınları ezmeyi ve onları sadece cinsel bir obje olarak kullanmayı vaaz eden rahiplere karşı da bir başkaldırıydı.

İkinci okuma Yuhanna İncili'ndendi: "Ben dünyanın ışığıyım. Beni izleyen asla karanlıkta yürümez, aksine yaşam ışığına sahip olur." Rahip daha sonra İncil'i göz ardı ederek Pavlus'un mektubundan ilk okumayı temel alan vaazına başladı: "Bedeniniz cinsel ahlaksızlık için değil, Rab için ve Rab de bedeniniz içindir."

Rahip bir dakika durdu ve cemaate bakarak belirli yüzleri inceledi. Orta sıralarda oturan Emily'yi gördü; sözlerini dikkatle dinliyordu. Sonra Pavlus'tan bir alıntı daha okudu: "Kendini bir fahişeyle birleştiren herkes onun bedeniyle bir olur." Emily bu pasajın o bağlamla ilgisiz olduğunu düşündü, çünkü İncil okuması İsa'nın ışık olması ve onun ışığında onu takip etmekle ilgiliydi. Oysa vaaz fuhuş üzerineydi.

Uzun bir duraklama oldu ve rahip tekrar Emily'ye baktı. Sonra yüksek bir sesle şöyle dedi: "Aramızda bir fahişeyle birlikte olmayı reddediyoruz." İnananlar şaşkına dönmüştü ve birbirlerine baktılar.

"Bedeniniz Kutsal Ruh'un bir tapınağıdır. Bedeninizle Tanrı'yı onurlandırın" dedi, cemaate bakarak ve yüzlerindeki duygu çeşitliliğini doğrulayarak. "Sevgili insanlar, aramızda bir Veshya var. Cemaatimiz için kara bir leke. Hiçbir veshya bizimle olmamalı." Vaiz, Malayalam dilinde fahişe anlamına gelen 'veshya' kelimesinin altını çizdi.

"Veshya'nın kiliseyi terk etmesini emrediyorum," diye gürledi rahip Emily'ye bakarak.

Emily vücudunda bir ürperti hissetti. Rahip Emily'yi cinsel suç işlemekle suçladı ve bir Pazar ayini sırasında kilisedeki cemaatin önünde onu aşağıladı.

Emily oturduğu yerden kalktı ve "Ben bir veshya değilim; beni haksız yere suçluyorsunuz," diye kükredi. Sesi kilisenin duvarlarında yankılandı ve cemaat ona inanamayarak baktı.

Sonra Emily kiliseden dışarı çıktı. Ağlamıyordu ama kalbi yerinden fırlayacak gibiydi. Kilisenin önünde, tarih öncesinden kalma yalnız bir Stonehenge gibi duran devasa haçın önünde Emily bir dakika boyunca kurbanın çıplak bedenine baktı.

"Sadece sen ve ben kilisenin içinde değiliz," diye mırıldandı.

İsa sessizliğini korudu.

"Neden içeride, nefret ve aşağılanma cehenneminde olalım ki?" diye sordu çarmıha gerilmiş kurtarıcıya.

İsa onu davet ediyormuş gibi, "Burada olmak daha iyi, Emily, asılı kalmak," diye duydu.

"Seninle olmak, seni kucaklamak daha iyi," dedi uzaklaşırken.

Yol boştu.

Thoma Kunj ilmihal ve Katolik çocuklara yönelik inanç eğitimi dersleri için kiliseye gitmeye hazırlanıyordu. İlmihal derslerinde ana konular Yeni Ahit, üçleme hikayesi, İsa'nın doğumu ve ölümü, kilise, inanç, dualar, ayinler ve ahlaktı. İlmihal dersinde son sözü papaz söylerdi.

"Annem neden bu kadar erken döndü?" diye merak etti.

"Anne, sana ne oldu? İyi değil misin?" diye sordu.

"Hiçbir şey," dedi ve içeri girdi.

Emily değişmiş bir insandı; hayata karşı ilgisini kaybetmişti. İki hafta boyunca okuldan izin aldı, bu alışılmadık bir durumdu. Sanki çözümü olmayan bir bilmeceyi çözmeye çalışıyormuş gibi görünüyordu, çünkü kilisede neredeyse tüm cemaatin hazır bulunduğu bir vaaz sırasında kendisine hakaret edilmesini hazmedemiyordu. Vaiz ona bir veshya dedi, herhangi bir dildeki en utanç verici kelime, bir karakter suikastı, acımasız bir şaka. Rahip bir dulun, bir annenin ve bir kilise üyesinin kişiliğini, davranışlarını ve saygınlığını sorguladı. Emily günlerce ağlamak istedi; ağlamak ona yardım edecek, bir rahip tarafından ifade edilen nefreti temizleyecek, acıları ve acıları bir volkan gibi patlatmak için bir fırsat olacaktı. Defalarca ağlamaya, bağırıp çağırmaya çalıştı, papaza yaptıklarının İsa'nın hayatı boyunca ifade ettiği ruha aykırı olduğunu söylemek için can atıyordu.

Özgüven eksikliği Emily'yi baskı altında tutuyor ve sanki kimse onu istemiyormuş gibi reddedilme duyguları yaratıyordu. Bu değersizlik duygusuydu, sokak köşelerinde merhamet bekleyen bir sokak köpeği gibiydi. Zihni bir serseri gibi amaçsızca, hayatta bir amacı olmadan, amaçsızca dolaşıyordu. Sık sık kusacak gibi oluyor, yiyip içemiyordu; tiksinti ve ıstırap benliğini sarmıştı. Gözlerini kocaman açarak, korkunç durumları sanki onları ezmek, dipsiz uçurumlara atmak istercesine yoklayarak boşluğa baktı.

Bu onun için bir hakaretti, varlığını, kişiliğini, duygularını, arzularını, umudunu, ailesini ve hayatını kötüye kullanıyordu. Bu hakaretten kaynaklanan endişe zihnini ve kalbini yaraladı. Kendisine ne olduğunu anlatması için yalvaran Thoma Kunj ile bile konuşmayı reddetti. Thoma Kunj annesine sarıldı ve onu sevdiğini, ona değer verdiğini ve sadece onun için yaşadığını söyledi. Emily uzun bir süre sessizce oğluna baktı. Ama o boş bakıyordu.

"Mon, daha fazla devam edemeyeceğim," dedi.

"Sana ne olduğunu anlat bana?" diye sordu.

"Papaz vaazı sırasında bana hakaret etti," diye cevap verdi.

"Anne, ben senin yanındayım; ondan özür dilemesini isteyeceğim," diyerek onu teselli etmeye çalıştı.

"Bütün cemaatin önünde bana veshya dedi. Bu benim kendime olan saygımı, bir insan olarak onurumu yerle bir etti," dedi Emily.

"Anne, papazla yüzleşeceğim ve onu özür dilemeye zorlayacağım. Seni burada, evimizde ziyaret etmeli ve senden özür dilemeli. Göreceğim; bunu yapacak," dedi Thoma Kunj.

"Onun yüzünü görmek istemiyorum," diye cevap verdi.

"O zaman ondan bir Pazar günü cemaate pişmanlığını ifade etmesini isteyeceğim," diye ısrar etti.

Thoma Kunj kiliseye doğru koştu.

Rahip, başka bir rahiple birlikte akşam güneşi altında evinin yakınındaki yerde hızlı adımlarla yürüyordu. Thoma Kunj tüm cesaretini topladı ve rahibe Pazar vaazı sırasında annesine hakaret etmesinin yanlış olduğunu ve Pazar ayini sırasında cemaate pişmanlığını ifade etmesi gerektiğini söyledi. Rahip ona güldü ve Thoma Kunj Kurien ile evlenmeden önce doğduğu için annesinin bir veshya olduğunu söyledi. Thoma Kunj ona söylediklerinin küfürlü olduğunu, bir kadına karakter suikastı olduğunu söyledi. Cemaatin önünde annesinin geçmişini okumak onu ilgilendirmezdi. Üstelik annesi ona doğumunu da anlatmıştı. Rahip öfkeyle Thoma Kunj'a günahkâr olarak doğduğunu hatırlattı. Thoma Kunj bir an rahibe baktı ve ondan İsa'nın doğumuyla ilgili İncil'i okumasını istedi, çünkü o da babasız doğmuştu; Meryem bekârdı. Thoma Kunj'u duyan rahip öfkelendi ve ona bağırarak İsa'nın doğumunun bir gizem, Tanrı'nın insanlığa bir armağanı olduğunu tekrarladı. İsa Tanrı'nın oğluydu ve Kutsal Ruh aracılığıyla doğmuştu. Meryem İsa'nın doğumundan önce ve sonra bakire kalmıştır.

Thoma Kunj, "Bu sizin inancınız, benim değil," diye cevap verdi.

Rahip Thoma Kunj'a "Poda patti," diye bağırdı.

Thoma Kunj lanetliydi ve Tanrı onu bu affedilmez küfürden dolayı cezalandıracaktı, diye bağırmaya devam etti rahip.

Thoma Kunj koşarak George Mooken'e gitti ve ona annesinin başına gelenleri ve papazla karşılaşmasını anlattı. George Mooken, bir önceki Pazar günü Parvathy ile birlikte kızları Anupama ile Bangalore'da oldukları için kiliseye gitmediklerini söyledi.

George Mooken hemen rahiple görüştü ve ona yaptıklarının yanlış olduğunu ve özür dilemesi gerektiğini söyledi. İsa'dan ders almak için rahibe Dağdaki Vaaz'ı tekrarladı. Rahip George Mooken'a güldü ve işine bakmasını söyledi. Mooken din adamına sevgi ve şefkatin Hıristiyan yaşamının temel değerleri olduğunu ama kendisinin bunlardan yoksun olduğunu hatırlattı.

Parvathy ve George Mooken Emily'yi görmeye gittiler. Parvathy arkadaşına sarıldı ve bir haftalığına kızıyla birlikte uzakta olduğunu ve Emily'nin sıkıntılarını bilmediğini söyledi. Emily'yi en iyi arkadaşı olarak gördüğü için onun yanında olacağına ve onu destekleyeceğine dair güvence verdi.

Parvathy Emily'yi her gün ziyaret etti ve onunla uzun saatler geçirerek ona duygusal ve psikolojik destek ve bakım sağladı. Parvathy, Emily'nin faaliyetlerinde tutarlı bir sosyal geri çekilme olduğunu fark etti. Emily başkalarıyla konuşmaktan çekiniyor ve endişelerini paylaşmaktan korkuyordu.

Thoma Kunj, Emily'de sürekli ruh hali değişiklikleri gözlemlemiş, ayrıca kişisel hijyen ve dış görünüşünü yönetme konusunda ilgisiz davranmıştır. Annesinin karakteristik olmayan umursamaz davranışları, kötü beslenme, hızlı kilo kaybı ve uzun sessizlikler onu endişelendirdi. Annesinde hızlı ruh hali değişiklikleri, üzüntü, endişe, öfke ve kendine acıma belirtileri göze çarpıyordu. Göz kapakları önemli ölçüde düşmüş, kasları gevşemiş, başı sarkmış, dudakları aşağıya inmiş, yanakları ve çenesi aşağıya doğru çökmüş ve göğsü kasılmış olduğundan görünüşü acınacak haldeydi.

Emily'nin ağız köşeleri aşağıya doğru eğildi ve günlerce hareketsiz ve pasif kaldı. Thoma Kunj sorunu Parvathy ile tartıştı ve Parvathy Emily'nin derin hakaret duygularının üstesinden gelebilmesi için eski benliğine kavuşmasını sağlayacak bir psikoterapiye ihtiyacı olabileceğini söyledi. Thoma Kunj'un da onayıyla Parvathy, Emily'yi bir aylığına psikoterapi için Bangalore'a götürmek istedi.

Emily günlerce sessiz kaldı ve hindistancevizi kabuklarını soymakla meşgul oldu. Thoma Kunj annesinin neden alışılmadık derecede sessiz olduğunu merak etti. Annesinin içinde bir şeylerin yandığını fark etti ama volkanın büyüklüğünü kavrayamadı. Thoma Kunj annesinin yanına oturdu ve onu konuşması için ikna etti. Emily ona baktığında gözleri kurumuştu; parlaklıklarını, ışıltılarını, ışıltılarını ve opalescence'larını kaybetmişlerdi.

Parvathy ertesi Pazar Emily'yle birlikte Bangalore'a gitmek için ayarlamalar yaptı. Emily'nin her zamanki soğukkanlılığını ve kişiliğini yeniden kazanmasına yardımcı olmak için bir danışma merkezindeki bir grup psikoterapistle temasa geçti; böylece duygusal, psikolojik ve sosyal sorunlarla yüzleşmek ve bunları ortadan kaldırmak için konsantre olabilir ve iradesini artırabilirdi. Amaç, Emily'nin tüm zihinsel potansiyelini kullanmasını sağlamak için zihnini güçlendirmek ve bilincini genişletmek, duygusal memnuniyet ve sosyal refah getirmekti. Parvathy, Emily sorunlarından tamamen kurtulana kadar seans boyunca onunla birlikte kalacaktı.

Sabahın erken saatlerinde yağmur yağıyordu. Zangoç her zamanki gibi saat altıda çanı çalmak ve Pazar ayinine hazırlanmak için kiliseye ulaşmıştı; çan kulesi kilisenin sağ tarafındaydı. Haçtan sarkan uzun beyaz bir bez gördü. Çan kulesindeki beyaz perde örtüsünün rüzgârda düşmüş olabileceğini düşündü. Şafak vakti hâlâ karanlık lekelerle örtülüydü ve haçın ayağının altına gidip yukarı baktı.

"İsa," diye soluk soluğa kaldı.

Çarmıhtan sarkan bir kadın çıplak İsa'ya sarılıyordu. Beyaz sarisi düşmüş, bluzu yırtılmış, omuzları açıkta ve neredeyse çıplaktı.

Zangoç çan kulesine koştu ve durmadan çanı çaldı. Oraya ilk ulaşanlar yakınlardaki manastırlardan gelen rahibelerdi. Mahalleden insanlar ne olduğunu görmek için kiliseye doğru koştu ve on dakika içinde büyük bir kalabalık oluştu. Sonra papaz ortaya çıktı.

Birisi karakola doğru koştu, diğerleri de cep telefonlarından polisi aradı.

Kalabalığı bir süre derin bir sessizlik kapladı. Kimse gözlerine inanamıyordu. Sonra yavaş yavaş fısıldaşmalar, dedikodular ve yüksek sesle konuşmalar başladı. O kişinin kim olduğunu, adını öğrenmek için bir merak vardı.

Çok geçmeden ışıkları yanıp sönen polis minibüsü göründü. Polis memuru, memurlarına cesedi haçtan indirmelerini söyledi. Polisler yukarı tırmanmak için bir merdiven kullandılar. Thoma Kunj ayağa kalktığında annesini bulamadığı için onları endişeyle izledi. Evin her yerinde onu aramıştı. Kiliseye doğru koşarken yolda da onu aradı. Haçın üzerindeki saree annesininkine benziyordu. Parvathy, Thoma Kunj'un yanında dururken kollarını ona doladı.

Polisler cesedi indirdi ve haçın üzerinde durduğu platforma yerleştirdi.

"Bu Emily," diye bağırdı kalabalıktan biri.

"Emily, Emily, Emily," bu isim hızla yayıldı.

Thoma Kunj yere yığıldı. George Mooken onu taşıdı ve arabasına yerleştirdi.

Otopsiden sonra ceset üçüncü gün geri getirildi. Thoma Kunj henüz on dört yaşında olduğu için George Mooken adli tabiplikte ve polis karakolunda evrakları imzaladı. Papaz, mezarlıkta ölüye bir mezar tahsis etmeyi reddetti ve bir intihar kurbanının cesedinin kutsal bir yere gömülemeyeceğine dair kural kitabından alıntı yaptı.

Papaz George Mooken'a "O bir günahkârdı; kendini öldürerek günahları ikiye katlandı" dedi.

George Mooken, artık hayatta olmayan dul bir kadına merhamet göstermesi için rahibe yalvardı. Papaz, onunla odasında buluşmasını istedi ve Mooken onun sözlerinin anlamını anladı. Evine döndü, beş deste bin rupilik banknot aldı ve rahiple odasında buluştu. Akşam altıdan önce rahip, George Mooken'in Emily'yi mezarlıkta günahkârların gömüldüğü bir köşe olan Themmadi Kuzhi'ye gömmesine izin verdi.

Defin sırasında Thoma Kunj, Parvathi, George Mooken ve bazı çiftlik işçileri hazır bulundu. Ölü için dua edilmedi. Cenaze törenini zangoç yönetti. Ceset siyah bir tabuttaydı. Thoma Kunj annesini alnından öptükten sonra annesinin bedenini siyah bir bezle örttü. Parvathy siyah kumaşın üzerine bir demet gül, zambak ve yasemin çiçeği koydu ve sessizce ağladı.

Thoma Kunj ağlamayı reddetti ama sessiz kaldı. Parvathy ve George Mooken ondan evlerinde uyumasını rica ettiler. Parvathy onu oğlu olarak evlat edinmeye hazırdı; ancak Thoma Kunj eve gitmesi, yalnız yaşaması ve yemeğini evde pişirmesi konusunda ısrar etti. Ertesi gün, Emily'nin yıllar boyunca topladığı İsa'nın Kutsal Kalbi, Meryem Ana, tüm azizler, tespihler ve farklı boyut ve şekillerdeki haçların tüm resimlerini bir araya getirdi ve onları avlusunda yaktı. Külleri plastik bir torbaya topladı ve domuz ahırına bağlı idrar çukuruna attı.

Thoma Kunj on dört yaşındayken yetim kalmış. Babası üç yıl önce ölmüştü ama annesi ona bakıyor ve hiçbir şey olmamış gibi seviyordu. Kurian sevgi dolu bir babaydı; Thoma Kunj onun arkadaşlığını her zaman sevdi. Kurien'in ölümünden sonra Emily'nin maddi sorunları vardı; okulda süpürgeci olarak aldığı maaş bir aileyi geçindirmeye yetmiyordu. George Mooken ve Parvathy'nin Kurien'in ölümü nedeniyle ödedikleri tazminatı Thoma Kunj'un eğitimi için onun adına bir bankaya yatırdı.

Kurien hayattayken Emily oğlunun her gün yanında olmasından büyük mutluluk duyuyordu. Kurien ona Thoma, Emily ise Kunj Mon diyordu. Okulda Thomas Emily Kurien'di. Onunla oynar, dans eder, şarkılar söyler ve on iki yaşına kadar her şeyi kendine saklayarak ona geçmiş yılların hikayelerini anlatırdı.

İlkokulu yaklaşık beş dakikalık yürüme mesafesindeydi; Thoma Kunj tek başına gidebilecek kadar kendine güveniyordu. Emily ona Malayalam alfabesini ve İngilizceyi öğretti ve Thoma Kunj her iki dili de oldukça kolay bir şekilde öğrendi.

Emily oğlunun daha yeni yürümeye başlayan bir çocukken konuşkan olduğunu fark etti; ilk dört yıl boyunca okulda pek çok arkadaşı oldu. Onlarla oynadı ve çocukluklarını kutladı. Thoma Kunj onlara annesinin yatmadan önce anlattığı hikayeleri anlattı. Her zaman bir arkadaş grubunun içindeydi; birlikte yürüyor, oynuyor, ders çalışıyor ve yemek yiyorlardı.

Sonra arkadaşları onun hakkında dedikodu yapmaya başladı ve bu ona acı verdi. Yavaş yavaş öğrencilerden, öğretmenlerden ve onun hakkında kötü konuşan diğerlerinden uzaklaşmaya başladı. Annesine okulda olan her şeyi anlattı ve annesi onu teselli etti ve kıskanç oldukları için her şeyi unutmasını istedi.

Annesi bir keresinde, "İyi olanı görmek için gözlük tak," demişti.

Ve Thoma Kunj sadece iyiyi görmek için gözlerini kapatarak zihinsel bir gözlük taktı; kimse hakkında kötü konuşmayı unuttu ve kimseyi incitmeyi ya da kendini savunmayı reddetti. Annem öldüğünde, Thoma Kunj savunmasız kaldı.

İdam sehpasına giderken, gardiyan Thoma Kunj'un kafasına bir maske geçirdi. Siyah bir maskeydi bu, gece kadar karanlık. Kör oldu ve darağacına doğru yürüdü, ülkenin bağımsızlığından bu yana yedi yüz elli iki mahkumu astığını bilmiyordu. Birkaç düzine daha Hammurabi ve Bentham'ın çocuklarının bilincini etkilemeyebilirdi. Siyasi elitler ve bürokratlar, sessizleri, cahilleri ve reddedilenleri korkutmak için ilmeğe ihtiyaç duyuyordu. Thoma Kunj'un boynundaki ilmek genç eğitim bakanını koruyordu.

Birdenbire idam sehpasındaydı ve Thoma Kunj küçük bir kalabalık hissetti; aralarında bölge yargıcı, araştırmacılar ve hapishane personelinin de bulunduğu seçilmiş bir azınlık. Onları göremiyordu çünkü onları görmesine izin verilmemişti, idam sehpasını ziyaret etmesi yasaklanmıştı. Annem kimseyi göremedi çünkü gömülmeden önce siyah bir bezle örtülmüştü. Thoma Kunj on bir yıl hapiste kaldıktan sonra darağacına götürüldüğünde yirmi iki yıldır mezardaydı.

Darağaci

Darağacı, çapraz bir çubukla birbirine bağlanmış ikiz başsız palmiye ağacı gibi duruyordu. Thoma Kunj onun heybetli yakınlığını hissetti ve zifiri karanlıkta nereye çekildiğini, ne kadar büyük olduğunu ve ilmiği boynuna geçirmek için sütunlarının ortasında nasıl duracağını ayırt edebildi. Adil'in sünnet edilmesi, Razak'ın hadım edilmesi, küçük bir kızın devlete ait bir kadın yurdunda tecavüze uğraması ya da İsa'nın çarmıha gerilmesi gibi bir törendi bu.

Darağacı özgürlüğü yadsıyordu ve Thoma Kunj'un özgürlüksüzlükten kaçışı yoktu, çünkü bu kaçınılmazdı. Doğumdan kendi kaderini tayin etme, ölümden kaçış ve doğum ile ölüm arasındaki milyonlarca diğer olaydan özerklik gibi, darağacından hiçbir çıkış yoktu. Hayat devasa bir determinizm çarkında dönüyordu, tıpkı kuralları çiğneme özgürlüğünün olmadığı uçsuz bucaksız bir oyun alanındaki futbol maçı gibi. Kuralların dışında oynayan kişi sınırın ötesine atılıyordu.

Hapis özgürlüğün antiteziydi; kişinin bu konuda hiçbir seçeneği yoktu. Tutsaklık, kaybedilen bekarete duyulan endişe gibiydi. Tecavüzde özgürlük yoktu, ölümden kurtuluş yoktu.

Ölüm nihai yenilgiydi. Thoma Kunj ölüme direnemezdi; son galip yas olacaktı. Hapsedilme, kişinin kişiliğinin gölgesi gibiydi - zararlı, tehlikeli, tekrarlayan ve zayıflatıcı.

Malabar'daki muson bile özgür değildi; dilediği gibi gelip gidemezdi. Gök gürültüsü ve şimşek, yağmur ve sel vardı ve toprak karar verme özgürlüğünü kutluyor gibiydi.

Darağacının bile özgürlüğü yoktu.

Özgürlük bir efsaneydi; ailesi Thoma Kunj'u zevk için yaratmıştı. Biyolojik babası onu aldırmaya karar verdiğinde ona sormamıştı. Annesinin onu kurtarmak için hiçbir özgürlüğü yoktu; onu nasıl koruyacağını ya da doğum için nereye gideceğini bilmiyordu. Kurien onu teyzesinin evine götürdü ve Mariam'ın Emily'yi reddetme özgürlüğü yoktu, çünkü bir hemşirenin işi atmak değildi; o insanlığı seviyordu. Thoma Kunj için hayat bir masaldı; Karnataka polisi onu bir yaban domuzu gibi vahşice öldürmeden önce dövmek için Kurien'den izin istemedi. Thoma Kunj, babası olmamasına rağmen onu oğlu gibi seven babasını kaybetti. Razak, Thoma Kunj'un hayatını Ponnani'de kendisiyle birlikte geçirmesini istiyordu ama Thoma Kunj'un Ponnani'ye gitme ve darağacını reddetme özgürlüğü yoktu. Razak bir oğul istiyordu ama Akeem, Mashrabiya'daki houris'lerini korumak için onu hadım etti. Bir Müslüman olan Razak, Allah'ı terk etti ve yozlaşmış Kilise'yi reddeden, Tanrısının resimlerini yakan ve küllerini domuzların idrar çukuruna gömen bir Katolik olan Thoma Kunj'u evlat edinmek istedi.

Emily, çıplak İsa'ya sarılarak kendini çarmıha asmak için Thoma Kunj'un onayını istemedi; Emily'nin kendini sallandırmak gibi bir seçeneği yoktu; papaz bunu ona zorla yaptırdı ve ona fahişe dedi. Ancak haç ya da ağaç dalı seçme özgürlüğüne sahipti. Thoma Kunj, annesine fahişe dediği için Appu'nun yüzüne vurduğu için eğitimini yarıda bırakmak zorunda kaldı. Appu arkadaşlarından kilise papazının Pazar günkü ev toplantısında Emily'ye veshya dediğini duymuş olabilir. Papaz, vaazı sırasında herhangi birini dürtme özgürlüğüne sahip olduğuna dair güvence verdi. Okuldan atıldığında Thoma Kunj başka bir okula gidemedi. Emily'nin ölümünden sonra, George Mooken ve Parvathy onu oğulları olarak evlat edinmeye hazır olsalar da, geçimini sağlamak için çalışmak zorunda kaldı. Ancak Thoma Kunj, onların davetine evet diyecek iç özgürlüğe sahip olmadığı için kimseye bağlı kalmamayı seçti. Babası Kurien'in her akşam eve getirdiği kokuyu sevdiği için domuz ahırını tercih etti ve Thoma Kunj, baba dediği Kurien'in domuz kokusunu çok sevdi.

Kurien ve Emily'nin ölümünden sonra Thoma Kunj yalnız bir hayat yaşamaya karar verdi ve ayrıcalığı George Mooken'in domuz çiftliğindeki domuzları hadım etmek oldu. Thoma Kunj'un George Mooken'a hayır deme özgürlüğü yoktu, sızıntı yapan boru hattını tamir etmek için pansiyona gitmeyi reddediyordu. George Mooken'ın yurt müdürüne hayır deme alanı yoktu ve yurt müdürünün de MLA'ya oğlunu tecavüz ve cinayet suçlamalarından kurtarmayacağını söyleme özgürlüğü yoktu, çünkü MLA ona karşı olumsuz bir karar alabilecek güçlü bir adamdı. Oğlu başarılı bir politikacı ve bir gün eyalette bakan olacak genç bir adamdı. Yurt müdürü Thoma Kunj'u tuzağa düşürdü; milletvekili mutluydu ve oğlu da sevinçliydi, her ne kadar hepsi suçluluk yükü taşısa da. On yıl içinde oğul, kız okullarını ve kolejleri ziyaret ederek öğrencilere kendilerini cinsel tacizcilerden korumalarını tavsiye eden bir bakan oldu.

Thoma Kunj, kendini savunmanın huzurlu bir hayat yaşamak için gerekli olmadığına inandığı için kendini savunma özgürlüğüne sahip değildi. Herkesin toplumdaki herkesi koruması gerektiğini ve birilerinin küçük kıza tecavüz edip öldürme suçunu kabul etmesi gerektiğini düşünüyordu. Thoma Kunj suç işlemediğini bildiği için sessiz kaldı. Bir kaplan yavrusunu yemekle suçlanan bir tavşan gibi, küçük bir kıza tecavüz etmek ve onu öldürmekle suçlanıyordu ama kaplan yavrusunu bir sırtlanın yediğini bilmiyordu. Thoma Kunj, Emily, Razak ve George Mooken'in mezbahasındaki domuzlar gibi sessiz kaldı. Hiçbir zaman bir domuzu giyotinle öldürmemiş olsa da, onların acılarını, kederlerini ve gözyaşlarını hissedebiliyor ve bazen domuzları kurtarmak için kendini giyotinle öldürmeyi düşünüyordu. Domuzları hadım ediyor ve bunun için üzülüyordu ve her seferinde hadım etmeden önce, bir celladın mahkûmdan af dilemesi gibi domuzların affedilmesini istiyordu. Thoma Kunj domuzları hadım ederken sessiz kaldı ama Akeem Razak'ı hadım ettiğinde Adil yüksek sesle ağladı. Maşrabiya'daki cariyeler, Akeem bir elinde Mısırlı'nın kafasını, diğer elinde kılıcını tutarak Razak'ı ararken hüngür hüngür ağladılar. Haremdeki kadınlar cariyeleri için değil, Razak için ağlıyorlardı.

Haremini yönetmek zorunda olduğu için Akeem'in özgürlüğü yoktu. Cinsel zevklerinin kölesi oldu ve saray içindeki yasalarını sürdürmesi gerekiyordu. Razak'ın Padachon'u, cennetteki sadık bir mümin için, düşmanlarına karşı savaşmanın ve kafalarını kesmenin bir ödülü olarak yetmiş iki houris yarattı. Houriler, Khuda'nın seks açlığı çeken sadık müminlere umut ve cesaret verme vaadini yerine getirerek, gecenin karanlığında çölün vahasına dağılmış bütün gece Tanrı ile güreşen kişinin çocuklarının küçük topluluklarına baskın yapmaları için onlara ilham verdi. Kılıç savaşçıları, uyuyan adamların hiç beklemediği hızlı çatışmalar sırasında ölmüş olsalardı, cennetteki saatileri karşılık olarak alacaklardı. Yetmiş iki saat, kaybedilen hayat için büyüleyici bir tazminattı. Eğer başarılı olurlarsa, dul kadınlar ve yağmalanan zenginlikler onların ödülü olacaktı ve cennete ulaştıklarında da saatiler.

Merhametli, hourilerin özgürlüğünü hiç düşünmedi, çünkü çaresiz kadınlar dünyada cariye, cennette ise houri olmaya mahkum edilmişlerdi.

Thoma Kunj hapishanede geçirdiği on bir yıl boyunca esareti hakkında endişelenmedi; küçük bir kıza tecavüz ve cinayetten dolayı birinin hapis yatması ve idam edilmesi gerektiği için bunu kabul etti. Darağacını düşünmüş ama görme fırsatı olmamış; kader mahkumuna darağacının olduğu yerde iş verilmemiş. Ancak Thoma Kunj bir keresinde müebbet mahkumların darağacını iki devasa dik direğe bağlı devasa bir ölüm kirişi olarak tarif ettiklerini duymuştu. Darağacının bir mahkumu asma konusunda söz hakkı yoktu; onun görevi, houris'in görevi gibi, cennetteki sadık mümine cinsel zevk sağlamaktı.

Hapishanenin kuruluşundan bu yana tik ağacından yapılmış bir iskele kullanılıyor ve çok sayıda mahkum bu iskeleye asılıyordu. Özgür Hindistan'ın ilk yıllarında asmak, bir suçluyu ortadan kaldırmanın en kolay yoluydu; herkes için serbest bir oyundu. Düşük gelirli ailelerin Travancore'dan Malabar'a ekecek toprak, açlık ve yoksulluğu ortadan kaldırmak, çocuklarını eğitmek ve okullar, kiliseler, hastaneler ve toplum merkezleri kurmak için göç etmesi, doğa ve insanlarla bitmek bilmeyen çatışmalar yarattı. Ölüm cezası arttı, idam yaygınlaştı ve birçok masum darağacında hayatını kaybetti. Kimse onların hikayelerini yazmak için orada değildi ve kimse ölü bir adamla ilgilenmiyordu. Tik ağacından yapılan darağaçları Valapattanam köprüsü kadar sağlamdı ve mahkûmun boynuna bağlanan ilmik Hindistan'ın Manchester'ı Coimbatore'dan özel olarak sipariş edilirdi. Birkaç yıl önce, kalitesiyle tanınan bir çelik fabrikası tarafından çelik iskeletli bir yapı inşa edildi. Darağacı zenginleri ve güçlüleri, politikacıları, yargıçları ve bakanları, rahipleri, panditleri, maulvisleri ve iş adamlarını koruyordu.

İngiliz döneminde suçluya merhamet yoktu. İskoçya, Galler, İngiltere ve İrlanda'dan yüzlerce yarı eğitimli kabadayı, İngiliz idari hizmetine, özellikle de polis ve hapishaneye katılarak kanun ihlallerinin acımasızca bastırılmasını teşvik etti. En sert kış aylarında ocaklarını ısıtacak güçlü bir Britanya imparatorluğu istiyorlardı. Her asma Doğu Hindistan Şirketi'nin hisse değerini sorunsuz bir şekilde tırmandırdı. İngilizler için ceza adaleti sisteminin temel felsefesi caydırıcılık ve cezalandırmayı içeriyordu. Anglosakson hukuk sistemini öğrenen avukatlar ve yargıçlar kısa sürede Hammurabi ve Jeremy Bentham'ın müritleri haline gelerek idam konusunda dikkate değer bir iştah gösterdiler. Bengal'de bir Doğu Hindistan Şirketi vergi tahsildarı olan Maharaja Nandakumar'ın idamından bu yana binlerce kişi asıldı. Özgür Hindistan, İngiliz vahşetini memnuniyetle takip etti. Ülkenin bağımsızlığını kazandığı yıl dokuz Eylül'de Jabalpur Merkez Hapishanesinde idam edilen Rasha Raghuraj Singh, özgür Hindistan'da asılan ilk kişi oldu.

Thoma Kunj, yüz dönümlük korunaklı bir hapishanenin granitle döşenmiş bir dönümlük arazisinin ortasında, yüksek duvarlar içinde korunan sanctum sanctorum, ilmik onun tanrısı gibi duran darağacına yürüdü. Cellat onun rahibi, hapishane personeli ibadet edenleri, bölge yargıcı ilahicisi, amigoları ise insan davranışları psikologları ve sosyologlarıydı.

Başını ve yüzünü örten siyah maske tüm dünyanın karanlığını daha da artırıyordu ve Thoma Kunj enine kirişten sarkan, sağlam, oval ve mahkûmun ağırlığına dayanabilecek ilmiği hayal edebiliyordu. İki mahkum için aynı yatay kirişten iki ilmek atılması hapishane yetkililerinin iş yükünü önemli ölçüde azaltıyordu. Bir suçluyu asmak için aylarca, bazen yıllarca hazırlık yapmak gerekiyordu, çünkü yüksek mahkemeye, Yargıtay'a ve cumhurbaşkanına yapılan temyiz başvuruları yıllarca sürüyor ve idam cezasını erteliyordu. Son temyiz başvurusunun reddedilmesinden sonra bile aylar süren hazırlıklar devam ediyordu ve bir cellat bulmak oldukça zahmetliydi.

Darağacı, insan ruhunu bastırmak için insanların icat ettiği en güçlü araçtı. Hayatı ortadan kaldırma gücüne sahipti, bir insanı bir direğe bağlı tuzaktan ölene kadar asmak için bir araçtı. Birden fazla kapanın aynı anda çalışması yargı, hükümet ve hapishane personeli için bir nimetti. Hükümet bir hükümlüyü asmak için, toplam ihtiyacın en az on katı kadar, suçluyu ömür boyu hapiste tutmak için muazzam fonlar kullanıyordu.

Bir suçlu hapishanede çalışabilir, geçimini sağlayabilir, ailesine destek olabilir ve ülkenin kalkınması için çaba gösterebilirdi.

Ancak intihar farklıydı; bu bir kişinin seçimiydi ve Emily ölümünü seçti.

Emily çarmıhta öldü.

Çarmıhta ölmenin dini bir yüceliği ve manevi bir vaadi vardı. Ancak kurbanın Nasıralı İsa gibi asılması gerekiyordu. Emily kendini astı ve görkemini ve vaadini kaybetti. Papaz onu mezarlığa gömmeyi reddetti ve George Mooken papaza bir parça çamur için rüşvet verdi. Papaz burayı Themmadi Kuzhi'ye, yani günahkârlar köşesine ayırdı ve Emily beyaz bir çarşafla örtülmeye hakkı olmadığı için siyah bir bezle gömüldü. Beyaz çarşafla örtünenler doğrudan cennete, siyah çarşafla örtünenler ise arınmak için Araf'a ya da sonsuz ateş içinde cehenneme gideceklerdi. Yahudilerin ve Hıristiyanların Tanrısı Yahova beyazı severdi ve Allah'ın hûrileri beyaz Abayalar giyerlerdi. Her ikisi de Lucifer ya da İblis'in rengi olan siyahtan hoşlanmazdı. İbrahim'in oğulları meleklerin, malakların ve hourilerin rengi olan beyaza değer verirlerdi.

Emily'nin siyah bir çarşafla örtülmüş bedeni mezarlıkta günahkârlar köşesine gömüldü.

Doğuştan günahkâr olmayan Emily, Addis Ababa'da İngilizce ve Matematik öğretmenliği yapan Thiruvalla'lı bir öğretmen çiftin tek çocuğuydu. Elizabeth ve Jacob çocuk sahibi olmaktan hoşlanmıyordu, ancak otuz sekiz yaşına geldiğinde Elizabeth hamile kaldı ve doğum için Rachel'ın Thiruvalla'daki evine ulaştı. Çocuğun doğumundan bir gün sonra Elizabeth kocasıyla birlikte olmak için Etiyopya'ya döndü ve annesinden yeni doğan bebeği büyütmesini bile istemedi. Rachel, Elizabeth'in bebeğini terk ettiğini ve çocuğu görmek için geri dönmeyeceğini biliyordu.

Büyükannesi Emily'yi büyüttü ve ilk günden itibaren ona Kraliçe'nin İngilizcesini konuşmayı öğretti. Emily dört yaşındayken Rachel ona Malayalamca ve İngilizce alfabeyi yazmayı öğretti. Emily ona "Anne" derdi.

Birkaç yıl boyunca Birmingham'da cerrahlık yapan Rachel, hafif psikotik paranoyadan muzdaripti ve Vellore Tıp Fakültesi'nde okurken tanıştığı kocası

David ile günlük çatışmalar yaşıyordu. İngiltere'de bir psikiyatrist olan Dr. David, on yıllık evliliğin ardından Rachel'dan boşanmış ve başarısız bir model ve aktör olan beyaz bir kadınla, Margaret ile evlenmiştir. Rachel psikiyatrik tedavi için düzenli olarak David'i ziyaret etmiştir.

Tek kızı Elizabeth ile birlikte Londra'ya taşınan Rachel, eski kocasına ve onun yeni karısına karşı gizli benliğinde iğrenç bir nefret taşıyarak muayenehanesine devam etti. Karanlıktan korkuyordu ve boşandığı kocası ile karısının ışıksız gecelerde kendisini boğacaklarını düşünüyordu. Rachel gece boyunca ışığı hiç kapatmıyordu. Halüsinasyonlar zihnini ele geçirdi ve David, Margaret ve diğer hayali düşmanlarıyla boğuştu.

Rachel Londra'da muayenehanesinden çok para kazandı ve altmış beş yaşındayken Thiruvalla'ya taşındı. Bir yıl içinde Elizabeth geldi ve Emily doğdu.

Emily yalnız bir bebekti ve yalnız bir çocuk olarak büyüdü.

Özellikle gün batımından sonra büyükannesinin bağırışlarını ve ulumalarını dinleyerek büyüdü. Annesi, boşandığı kocası Dr. David ve İngiliz karısı Margaret ile her gece tartışıyor, onu sık sık kliniğinde müşterisine sarılırken gördüğü için hala Birmingham'da olduğunu düşünüyordu.

Rachel bazen seyahat sırasında, özellikle de otellerde ve tatil köylerinde yabancılara karşı saldırganlık gösteriyordu. Aktörlerden ve modellerden hoşlanmıyor ve hepsinin David'e aşık olduğunu düşünüyordu. Tepkilerinde fevri davranıyor, Emily'nin yanında olduğunu unutarak günlerce mesafeli duruyordu. Büyükanne bazen antisosyal davranışlar sergiliyordu ve Emily aşırı korku hissediyordu. Rachel modaya uygun giysiler ve mücevherler giyen sosyete kadınlarından nefret ediyordu. Ancak Rachel, Emily'ye danışmadan ona pahalı elbiseler ve elmaslar aldı. Rachel her gün, yatak odasında tuttuğu Dr. David ve karısının dev lastik bebeklerine hırsla saldırıyordu. Yüzlerini tekmeledikten sonra bir güreşçi gibi göğüslerine oturuyor ve onları defalarca yumrukluyordu.

"David, senden nefret ediyorum," diye bağırdı.

"Senden nefret ediyorum, David. O kaltakla evlendin. Seni asla affetmeyeceğim," diye feryat ediyordu.

"Psikiyatrik tedaviye ihtiyacı olan sensin, seni lanet olası aptal," diye devam ediyordu küfürler.

Emily'nin kendine ait bir yatak odası vardı ve bu kargaşa ve bağrışmalar sırasında Emily korkudan titreyerek yastıklarının altına saklandı. Emily merakla, büyükannesinin özellikle geceleri kilitli kapıları yarım düzine kez kontrol etmesini izledi. Gece yarısı kalktı ve merkezi kapı kilidinin sağlam olup olmadığını kontrol etti. Her birkaç saatte bir içinde yoğun, mantıksız, inatçı korku ve öfke duyguları ortaya çıkıyor, bu da onu kurgusal eleştirilere karşı tartışmacı ve savunmacı yapıyordu. Emily çoğu zaman odasında kalıyor, annesinin karşısına çıkmıyordu.

Rachel eski kocasını ve onun aktris eşini asla affetmedi.

Gün boyunca Rachel konuşkandı ve Emily'den bir hikaye kitabından bir bölümü yüksek sesle okumasını istedi. Büyükanne Emily'yi anlaşılır bir şekilde okuması için teşvik etti ve telaffuzunu düzeltti.

Rachel seçkin bir aileden gelen bir kadın gibi giyiniyor, Londra'daki son moda trendlerini titizlikle takip ediyor, batı yemekleri pişiriyor, bir İngiliz aristokratı gibi davranıyor ve Kraliçe'nin İngilizcesini konuşuyordu. Kendi arabasını kullanıyor, Emily ile Kochi, Alappuzha, Kottayam, Munnar, Trivandrum ve Kanyakumari'ye gidiyor ve en iyi otellerde kalıyordu.

Emily beş yaşındayken Kodaikanal'da bir yatılı kız okuluna gönderildi ve buradaki ortamdan hiç hoşlanmadı. Diğer öğrencilerle konuşmaktan korktuğu için hiç arkadaşı yoktu. Emily, kardeşleri ve ebeveynleri olmadan yalnız büyüdüğü için kimi kabul edeceğini bilmiyordu. Emily, paranoya, şizoid ve zihinsel dengesizliklerden muzdarip yaşlı bir kadınla büyüdü. Öğretmenleri sevgi ve ilgiyle davransa da Emily onlarla arasına mesafe koydu. Büyükannesi her ay, Noel arifesinde ve yaz ortası tatillerinde okulu ziyaret ederdi. Rachel'ın sofistike davranışları öğretmenler arasında her zaman konuşulurdu ve Rachel'ın ziyaretleri Emily okulunu bitirene kadar devam etti.

Emily derslerinde başarılıydı. Yalnız olmasına rağmen etkileyici bir konuşmacıydı ve okul içi ve okullar arası yarışmalara katılırdı. Emily her yıl sınıf arkadaşlarıyla birlikte bir eğitim turuna çıkıyor ve Hindistan, Nepal, Bhutan ve Sri Lanka'daki önemli turistik yerleri ziyaret ediyordu, ancak kimseyle kaynaşmıyordu.

Anne ve babasıyla ilk kez dokuz yaşındayken, Noel tatili sırasında Thiruvalla'da büyükannesinin yanındayken tanıştı. Bir öğleden sonra Emily evlerinin önünde taksiden inen biri kadın biri erkek iki yabancı görmüş. Emily şaşırmıştı çünkü yeni evli bir çift gibi davranıyorlardı. Rachel onlara karşı nispeten kayıtsızdı. Sanki hiç var olmamış gibi Emily ile konuşmuyor ya da ona ilgi göstermiyorlardı ve Emily onların kim olduğunu bilmiyordu.

Rachel oturma odasından, "Emily, annenle babanla tanış, Etiyopyalı piçler," diye bağırdı.

Uzun bir sessizlik oldu.

Büyükanne oturma odasından, "Malımı mülkümü almak istiyorsun, ama bunu ancak cesedimi çiğneyerek yapabilirsin," diye bağırdı.

Elizabeth ve Jacob yarım saat içinde ayrıldılar.

"Cehenneme gidin, bir daha dönmeyin. Zaten yetmiş beş yaşındayım. Bırakın da biraz huzur bulayım," diye kükredi Rachel onlar dışarı çıkarken.

Annem akşam boyunca bağırmaya devam etti; tedirgindi. David ve Margaret'in bebeklerini tekmeledi. Çığlıklar ve küfürler havayı dolduruyor, ilahileri bastırıyordu.

Emily yalnız bir çocuktu. Mahallede hiç arkadaşı yoktu.

Ergenlik çağında yalnızlığı daha da arttı. Birdenbire yüzünde bir sürü sivilce çıkmaya başladı. On iki yaşındayken adet görmeye başladı. Emily bunu bilmiyordu ve konuşacak kimsesi yoktu. Vücudunda korkunç bir şey olduğu algısına eşlik eden tekrarlayan sıkıntı verici duygular, duygularını ve rahatlığını ezdi. Geceliği kanla ıslanmıştı ve bunun neden olduğunu, başına ne geleceğini ve geceliği nereye atacağını bilmediği için bunu kabullenemiyordu. Yemekhanede ve sınıfta diğer öğrencilerden saklandı ve genel kurulda veya sınıfta durmaktan korktu. Regl dönemi altı gün boyunca devam etti ve onu duygusal olarak rahatlattı; karnının alt kısmındaki ağrıyla birlikte başına bir utanç çöktü. Mide bulantısı, kramplar ve şişkinlik hissi onu, özellikle de göğüslerini rahatsız ediyordu. Meme uçlarında bir yanma hissi vardı ve onları tekrar tekrar bastırıyordu. Emily kendini yorgun, güçsüz ve halsiz hissediyordu.

Ruh hali değişiklikleri Emily'yi sinirli ve kaybolmuş yapıyordu; endişe, sanki bir tünelden geçiyormuş, tünelin sonu yokmuş ya da diğer tarafta bir açıklık yokmuş gibi onu sürekli baskı altında tutuyordu. Bir dağın zirvesinde durduğunu algıladı ve aşağı inmenin bir yolu yoktu; uçurumlar çok dik ve tehlikeliydi. Emily öfkeliydi ve zihninde öğretmenlerine, anne babasına, büyükannesine ve tüm dünyaya bağırıyordu.

Bir sonraki adet döngüsü dört ay sonraydı. Emily, günlerce David ve Margaret'e küfrettiği için yanına yaklaşılamayan büyükannesiyle evdeydi. Emily'nin annesiyle biyolojik ve duygusal değişimler hakkında konuşma fırsatı hiç olmadı. Üçüncü gün, kahvaltıdan sonra Rachel yemekhanenin zemininde kan damlaları gördü ve Emily'nin hayatında ilk kez büyükannesi endişeyle ona sarıldı ve kadın olduğunu söyledi.

Büyükanne Emily'ye adet görmenin gizemini, aylık dönemi, vücudu temiz tutma ihtiyacını, pedin nasıl kullanılacağını ve bununla başa çıkmak için gerekli duygusal ve psikolojik hazırlıkları en açık kelimelerle anlattı.

Sonraki birkaç hafta boyunca büyükanne her gün Emily'ye yumurtalığında gelişen yumurtayı, döllenmemiş yumurtanın reddedilmesini, erkek testislerinde oluşan spermleri, bir kadın ve bir erkek arasındaki cinsel ilişkiyi, bunun biyolojik ve psikolojik alt akımlarını, cinsel ilişkinin insani tatminini ve istenmeyen gebeliklerden nasıl kaçınılacağını anlattı. Rachel'a göre kız ve erkek çocuk arasındaki cinsel ilişki günah değildi; insan hayatının onurunu hiçbir şekilde azaltmıyor, aksine artırıyordu. Cinsel ilişkinin belirli sosyal-psikolojik sonuçları, kişisel ve toplumsal sonuçları vardı. Evlilik öncesi cinsel ilişkide yanlış bir şey olmamasına rağmen, büyükanne Emily'ye istenmeyen gebeliklerin nasıl önleneceğini açıkça anlatarak bir erkeği yırtıcı seks yapmaktan caydırdı. Anne için seks, kişinin duygusal ve psikolojik ihtiyaçları ve büyümesiyle bağlantılı doğal bir biyolojik olguydu. Emily'nin bir erkekle cinsel birliktelik geliştirirken ihtiyatlı olması gerekiyordu.

"Din ve Tanrı'nın seksle hiçbir ilgisi yoktur. Din sosyal bir yapıdır ve Tanrı da bir mittir; insan işlerine karışamazlar. İkisini de çöpe atın. Seks tamamen biyolojiktir ve psikolojik, duygusal ve sosyal sonuçları vardır; bedeninizden, zihninizden ve geleceğinizden sorumlu olmalısınız. Erkeklerle ilişkilerinde mantıklı ol," dedi büyükanne Emily'ye bakarak.

"Anne, söylediklerine uyacağım," diye cevap verdi Emily.

Rachel, "Seni zorlamayacağım Emily; davranışlarından sen sorumlusun," dedi.

Anlıyorum anne."

"Eğer Tanrı yoksa, insanlar eylemlerinden sorumludur," dedi Rachel.

Büyükanne ilk kez seks ve Tanrı hakkında konuşuyordu. Emily, biyolojik kadınlığın ve Tanrı'dan gelen özgürlüğün anlamını anlamasını sağladığı için ona minnettar hissediyordu.

Emily onuncu sınıfı tamamladıktan sonra Trivandrum'da bir okulda iki yıllık ortaokul eğitimine başladı; on beş yaşındaydı. Okul hem kız hem de erkek öğrenciler içindi ve Emily için erkeklerle kaynaşmak için ilk fırsattı ama onlarla arkadaşlık kurma konusunda isteksizdi. Hiçbir zaman bir erkekle konuşma şansı olmadı. Büyükannesinin evinde Emily kendini yalnız hissediyordu, mahallede hiçbir erkekle tanışmamıştı. Yatılı okulu kızlar içindi ve tüm öğretmenler ve idari personel kadındı. Erkekleri merak etse de onlarla kaynaşma deneyimi hiç olmamıştı. Emily bir erkeğin çıplak vücudunu izlemeyi hayal etti; bir penis görmek, ona dokunmak, hissetmek, nasıl davrandığını bilmek istiyordu, çünkü bir kez bile görmemişti. Emily haftalarca bunu düşündü ve bir erkek arkadaşının cinsel organıyla oynama sanrıları gördü.

Tekrarlayan sıkıntı verici duygular ve çocukken sosyal ve duygusal ihtiyaçlarının istediği gibi karşılanmadığı algısı geliştirdi. Yalnız kalmaktan, erkeklerden uzak olmaktan üzüntü duyuyordu. Yanında dokunacak ve okşayacak erkeklerin olmaması onu üzüyordu çünkü sınıftaki erkekler ona yabancıydı ama yakışıklı ve dinç görünüyorlardı. Ancak bir erkek tarafından takip edilme fantezileri onu korkutuyordu ve cinsel dürtüleri konusunda her zaman stresliydi ve erkek arkadaşlara sahip olmayı düşünerek uykusuz geceler geçiriyordu. Depresyon ve anksiyete onu baskı altına aldı.

Okulda, en derin düşüncelerini paylaşabileceği, kendinden şüphe duymasını ve öz değer eksikliğini gidermesine yardımcı olacak en iyi arkadaşı olmadığı için diğer öğrencilerle ve öğretmenlerle bağlantı kuramadı.

Evde, tatillerde, zamanının çoğunu bir erkek arkadaşının yanında geviş getirerek geçiriyordu. Annem seksen yaşının üzerinde olduğu için Emily'de meydana gelen değişikliklerden rahatsız olamıyordu. Kendini sürekli boşlukta hisseden Emily'nin içinde ona sarılacak, onunla seks yapacak ve onunla ilgilenecek birine karşı gizli bir özlem vardı. İnzivaya çekilmeyi seçti ama yalnızlığından mutsuzdu, ona bir arkadaş gibi bakan, birlikte tüm dünyayı gezebileceği, güneşin altındaki her şey hakkında konuşabileceği ve kalıcı samimi anlar yaşayabileceği sevgi dolu bir erkeğe sahip olmayı diledi.

Cinsel dürtü, teneke bir kulübeye yağan yağmur gibi kafasına vuruyordu; odasını kapatıp içeride kaldı, kendini yetersiz hissediyor, içeride ve yalnız olduğu için üzülüyordu. Masada büyükannesiyle konuşacak hiçbir şeyi yoktu; çatal ve bıçağı tutarken elini sıkan yaşlı kadınla paylaşmaktan mutsuz hissediyordu. Büyükannesini sevdiği ve ona bebekken baktığı için ondan nefret ettiği için Emily'yi farklı duygular bastırdı, çünkü doğar doğmaz onu boğmak daha iyiydi.

Emily, büyükannesinin bebekleri dövmesini izlerken korktuğunu hissetti. David ve Margaret, yaşlı kadın onları defalarca yumrukladığında acı çekmiş olabilirler.

Emily için ortaokulu boştu ama öğrencilerle doluydu. Hitabet yarışmaları sırasında, salon onun mantıklı, mantıklı ve ikna edici konuşma yeteneğine hayranlık duyan izleyicilerle dolup taşmasına rağmen kimsenin onu dinlemeyeceğini düşünüyordu. Yalnızlığını gidermek için konuşmaya başladı ve yalnızlığını kovalamak için ödüller kazandı.

Yalnızlık içinde Emily kendini cinsel açıdan aç hissediyordu; zaman zaman bu dürtü kontrol edilemez bir hal alıyor, bu da onu düşünmeye zorluyor ve düşünmek de cinsel ihtiyacını giderebilecek bir arkadaşa odaklanarak daha fazla yalnızlığa yol açıyordu. Ancak duyguları durumun gerçekliğiyle bağlantılı değildi, çünkü genellikle başıboş bulutlar gibi geçici, amaçsız ve hedefsizdi, ancak hayatından kaçmaya çalışacak şekilde hayatına bağlıydı.

Çoğu zaman diğer öğrencileri kıskandığını hissediyordu çünkü onlar arkadaşlarıyla birlikte olmaktan keyif alıyorlardı. Buna karşılık, Emily'nin duygularını ve arzularını paylaşabileceği kimse yoktu, çünkü başkalarıyla yeterince ittifak kuramamıştı. İstenmeyen, sevilmeyen, güvensiz ve terk edilmiş biri olarak bu durumun asla sona ermeyeceğini düşünüyordu. Tanımlayamadığı bir üzüntü ortaya çıktı ama bunun nedeni onu sevecek birinin olmamasıydı ve o da bu sevgiye karşılık vermek istiyordu. Bu, şefkatli, yerleşik, samimi birilerinin ihtiyacına dair derin bir anlayış olacaktı.

Emily ait olmak istiyordu ama ait olmaktan korkuyordu.

Duyguları derinlerde yatan ihtiyacını karşılamaya odaklanmıştı. Onunla birlikte olacak, onun içinde nefes alacak, onunla birlikte hissedecek ve sonsuz tutkulu bir neşe yaratacak bir erkek arıyordu.

Ailesinden dışlanan Emily, baba, sevgili ve erkek arkadaş gibi bir insan aradı. Ebeveynleri hiç konuşmadığı tamamen yabancılardı ve ebeveynliğin ne olduğunu bile bilmiyordu. Bu durum hayatında kapatılamaz bir boşluk yaratmıştı ve bu boşluğu sadece bir erkek doldurabilirdi. Baba kavramı onda bir boşluk, sonu gelmeyen bir yaban, uçsuz bucaksız bir karanlık okyanusu, bütünüyle bir sevgi boşluğu şekillendirdi.

Onun için bir baba yoktu.

Emily babasının ilgisinden dışlanmıştı ve çoğu zaman kendisini kabul edebilecek birini bulmak için büyük bir motivasyon duyuyordu.

Sessizlik onu ele geçirdi ve korku onu sardı, kalbini ve zihnini sınırsız bir boşluk ve karanlıkla doldurdu. Bazen belirsizliğin kişileşmiş hali oluyordu; düşünecek ve bekleyecek hiçbir şey yoktu, birine, bir erkeğe karşı güçlü bir arzu duyuyordu. Her şey umutsuz bir boşlukta sona eriyordu; gidecek hiçbir yer, seyahat edecek hiçbir araç ve götürecek hiçbir yol yoktu. Çölde bir serap gibiydi ve Emily refakatsizdi. Ağlamaktan hoşlanmıyor ve üzülmekten nefret ediyordu, çünkü hayatı bir hindistan cevizi kabuğu kadar boştu.

Ortaokulu bitirdiğinde, Emily mezun olmak için Ernakulam'daki bir kadın kolejine katıldı; on sekiz yaşındaydı ve üç yıllık bir kurs olan diploma için en sevdiği ders olan İngilizceyi seçti. Rachel seksen dört yaşındaydı ve eğitimini mali yük olmadan tamamlayabilmesi için Emily'ye yirmi lakh rupi yatırarak bir tasarruf bankası hesabı açtı.

Emily yurtta kalmaya başladı ve ayda bir kez annesini ziyaret ediyordu, yaşı ilerledikçe daha da olgunlaşmıştı ama hâlâ kraliçe gibi, huysuz ve sessizdi.

Emily üniversitede Topluluk Önünde Konuşma Forumu'nun bir üyesiydi ve Forum tarafından düzenlenen çeşitli etkinliklere başkanlık etmeleri için konuk davet etmekten sorumluydu. Etkinliklerden birinde, hukuk ve edebiyatı özlü bir şekilde birleştirebilen dinamik bir konuşmacı olan genç avukat Mohan'ı istedi. Kısa süre içinde Emily Mohan'dan hoşlanmaya ve ona hayranlık duymaya başladı, ofisini ziyaret etti ve uzun tartışmalara girdi. Emily hızla erkeklerin yakınlığı, sıcaklığı ve kokusuyla dolu yeni bir dünyaya adım atmış ve ergenlik döneminden beri kurduğu hayalleri gerçekleştirerek bu dünyaya saygı duymaya başlamıştı. Emily, Mohan'a, onun bakışlarına, sürekli kelime akışına, genel bilgisine, ilgisine ve Emily'ye duyduğu saygıya hayrandı. Birçok akşam ona yakın oturur ve sanki onun erkeklik gücü, gücü ve büyüsüne kapılmış gibi gözlerinin içine bakardı.

Hafta sonları Emily ve Mohan Kochi'nin en iyi restoranlarını ziyaret ediyor ve birbirleriyle uzun saatler geçiriyorlardı. Emily'nin cüzdanından para akıyordu ve Emily, Mohan'ı memnun ve heyecanlı tutmak için ona para ödemekten memnundu. Mohan her akşam bir şişe pahalı viski seçiyor ve Emily'nin bunu keyifle ödemesinden mutluluk duyuyordu. Emily ilk kez bir erkekle yakın ilişki kuruyordu ve Mohan'ın görünüşü ve kokusu da dahil olmak üzere davranışlarındaki her şey hoşuna gidiyordu. Ona sarılmak, onu kalbine yakın tutmak istiyordu. Emily için bir erkekle birlikte olmak, onu kollarına almak bir yenilikti. Yeni birliktelik fikirlerinin gücü içinde patladı.

Düzenli olarak tekneyle gezintiye çıkıyor ve Alappuzha, Changanassery ve Kumarakom'a kadar seyahat ediyorlardı. Mohan ile vakit geçirmek Emily için cennet gibi bir deneyimdi.

Duygularının coşkusu onu suskunlaştırdı; karnında dans eden hayalleri hissedebildiği için tutkusu patladı.

Emily kendini maceracı hissediyor, Mohan'ı memnun etmek için her şeyi yapıyor, onun tepkilerini ve görünüşünü merak ediyordu. Birlikte yaşamakla ilgili yeni fikirlerle ona sayısız hikâye anlattı, diğer önceliklerini unuttu, seks için can attı ve Mohan'la çıplak olmaktan zihinsel olarak zevk aldı. Eylemlerindeki ve etkileşimlerindeki bir dizi fiziksel ve psikolojik tepki, onu Mohan'a bağımlılığa ve daha güçlü bir sevişme arzusuna itti. Onunla birlikteyken onun tarafından ezilmeyi seviyordu.

Kalbinde Mohan için hayati bir endişe belirdi ve varlığının her anını Mohan'ın hayatını en yeni aletlerle kolaylaştırma, onu gülümsetebilecek pahalı eşyalar hediye etme arzusuyla doldurdu. Kararlarını onun sevdiği ve sevmediği şeylere göre önceliklendirerek, yeni hamile bir kadının zigotunu koruması gibi onu sürekli içinde taşıdı.

Onunla ofisinde ilk kez karşılaştığını defalarca hatırlıyordu; bu ezici bir deneyim, ona yakın durmak ve sağlam bir fiziksel ve duygusal çekim ve bağlılığın filizlenmesi. İlk gün bile onu çıplak görmek istemiş, kısa bir süre için berraklığını, uzlaşmasını kaybedip kaybetmediğinden şüphe etmişti.

Günden güne Emily evrim geçiriyor, tamamen yeni bir insan oluyor, fiziksel değişimlerle birlikte duygusal değişimler de hissediyordu; zaman zaman çarpıntıları artıyor ve takıntılı düşüncelere kapılıyordu. Tepkileri anlıktı ama gerginlikle çevriliydi, çok güçlü bir şekilde deneyimlediği için güvensizlikle birlikte nüfuz edici bir sevinç hissi vardı. Duygular ve tepkiler katıydı ve hızla ilerliyordu, bu da muhakeme kaybına ve mantıklı sonuçlardan yoksun çılgın kararlara yol açıyordu.

Mohan, Vembanad gölüne bakan bir evde tek başına kalıyordu ve bir akşam Emily'yi evine götürdü. Küçük bir oturma odası ve küçük bir mutfağı olan tek yatak odalı bir daireydi ve Emily'nin hayranlık duyduğu ve sevdiği bir adamla baş başa olduğu rahat ve kompakt bulduğu için çok sevdi. Ulaşır ulaşmaz ilk kez seks yaptı; Mohan'ın çıplak vücuduna, ona sarılışına, soyunuşuna ve öpüşüne bayıldı. Her şeyin tazeliği onu perçinledi ve cinsel birleşmenin neden olduğu hafif acı hoş bir deneyimdi; seks takıntısı yoğunlaştı. Ertesi gün Emily kaldığı pansiyondan Mohan'ın evine taşındı.

Emily Mohan'ı seviyordu. Cazibesi onu büyülemişti ve her şeyi yapış şekli hoşuna gidiyordu. Sevişmek onun kadın-erkek ilişkisi kavramına meydan okuyordu ve Emily, Mohan gibi kendisine bu kadar değer veren ve önemseyen bir arkadaşa sahip olduğu için ne kadar şanslı olduğunu düşündü. Mohan'a ona verdiği cennet mutluluğu için nasıl teşekkür edeceğini merak ediyordu.

Ertesi gün Emily, Mohan'ı bir araba galerisine götürdü ve ona kendini çok yakın hissettiği bir araba hediye etti. Mohan sevinçle ona sarıldı ve dudaklarından öptü. Düzenli olarak Mysore, Bangalore, Goa, Ooty, Kodaikanal ve Chennai'ye seyahat ediyorlardı ve Emily sevgili erkek arkadaşı için her türlü harcamayı yapmaktan mutluluk duyuyordu.

Annesinden hediye olarak hesabına on lakh rupi daha yatırdığını duyunca çok heyecanlandı ve Emily bu heyecan verici haberi Mohan'la paylaşarak ona ihtiyaçları için bankasını kullanmakta özgür olduğunu söyledi.

Mohan iki aylığına uzun bir izne çıktı ve Emily'ye yakınlaşmanın ilk günlerinde onunla birlikte olmayı sevdiğini söyledi. Ayrılmazlıklarının coşkusu geçtikten sonra avukatlık işine başlayacaktı. Emily ona sarıldı ve ilgisinden dolayı onu öptü.

Mohan, Emily ve kendisi için Java, Bali, Kuala Lumpur, Bangkok, Angkor Wat ve Saygon'a bir yurtdışı turu planladı. Ziyaret dört hafta sürecekti.

Emily ve Mohan, Kochi'den annelerine haber vermeden Kuala Lumpur'a direkt uçuşla gittiler ve burada dört gün geçirerek neredeyse tüm önemli turistik yerleri ziyaret ettiler. Emily her şeyin yaratıcılığına bayıldı. Bali'de çok güzel günler geçirdiler ve Emily sahilde Mohan ile küçük bir çocuk gibi oynadı. Bangkok onu büyüledi, özellikle de gece hayatı. Minimum kıyafetlerle yürüyen binlerce beyaz insan Emily'nin ilgisini çekti ve Mohan'a mahremiyetleri içinde evlerine döndüklerinde o turistler gibi olmaları gerektiğini söyledi. Angkor Wat'ın ihtişamı onu büyüledi ve Saygon onu mest etti.

Emily Mohan'ın sahiplenici doğasını seviyordu; Mohan genç bir baba gibiydi.

Hindistan'a döndüklerinde doğrudan Mohan'ın evine gittiler. Emily banka hesaplarını kontrol ederken, Rachel'ın beş lakh daha yatırdığını görünce sevinçten havalara uçtu. Şimdiye kadar yaklaşık on sekiz lakh harcamış olmasına rağmen, bankasında on yedi lakh bakiye vardı.

Bir Cumartesi günü, annesiyle buluşmak için Kochi'den Thiruvalla'ya giden bir otobüse bindi. Eve vardığında Emily evde başka bir ailenin kaldığını gördü. Büyükannesinin iki hafta önce öldüğünü ve Elizabeth ile Jacob'ın evi şimdiki sakinlerine sattığını söylediler. Yeni ev sahipleri Emily'nin eve girmesine izin vermedi; Emily dışarıda durdu ve annesini hatırlayarak ağladı.

Emily'nin Mohan'ın evinden başka gidecek yeri yoktu ve geri döndüğünde tüm hikâyeyi anlattı. Mohan tek kelime etmedi. Evde günlerce sessizlik oldu. Emily'ye söylemeden arabayla mahkemeye gitti ve antrenmanlarına devam etti. Emily üniversiteye gitmeye başladı ve döndüğünde evde yalnızdı ve konuşacak kimsesi yoktu. On beş gün içinde kendini huzursuz hissetti ve Mohan'dan kendisine bir doktora kadar eşlik etmesini istedi. Ancak Mohan o gün kritik bir vakası olduğu için gelemeyeceğini ve onunla gitmeyeceğini söyledi.

Emily tek başına gitti.

Detaylı bir teşhis muayenesinden sonra, kadının doktoru Emily'ye hamile olduğunu söyledi. Emily coşku içindeydi; artık her şey değişmişti, yeni bir anlam, renkler ve sorumluluklar. Mohan'ın dönmesini bekledi ve Mohan akşam altı gibi gelir gelmez Emily ona gülümseyerek hamile olduğunu söyledi. Mohan'ın ona sarılacağını ve sevinçle öpeceğini umuyordu. Ama Mohan hiçbir tepki vermedi, hiçbir şey söylemedi; evin her köşesini derin bir sessizlik kapladı ve Emily'nin Mohan'a olan güvenini yerle bir etti.

Ertesi sabah Mohan Emily'ye haber vermeden ofisine gidince Emily kendini garip hissetti ve otobüsle okuluna gitti. Emily sömestr ücretlerini ödemek için bir miktar para transfer etmeye çalıştığında hesabında sadece elli bin rupi buldu. Akşam Mohan'a bankadan on altı buçuk lakh rupilik bir miktarın kaybolduğunu söylediğinde, Mohan parayı acil bir ihtiyaç için aldığını ve Emily'nin tüm ihtiyaçlarıyla ilgileneceğini söyledi.

Emily Mohan'a güvendi ve onun sözlerine inandı.

O sabah Emily üniversiteye gittikten sonra Mohan evi yeni bir asma kilitle kilitledi ve ofisine gitti. Emily akşam altıda üniversiteden döndüğünde Mohan mahkemeden dönmemişti. Ana kapının anahtarları Mohan'da olduğu için bekledi. Hava karardı ve Emily saat ondan sonra dışarıda bekledi. Mohan'ın arabası saat on buçuk civarında eve ulaştı. Mohan kapıyı açıp içeri girdi ve Emily de onu takip etti. Mohan Emily'den oturma odasında uyumasını istedi, kendini tuhaf hissediyordu. Oturma odasında rahat bir uyku uyuyamadı.

Ertesi gün Mohan Emily'ye bebeği aldırması gerektiğini ve bir kürtaj kliniğinde tüm ayarlamaları yaptığını söyledi. Emily onun sözlerine inanamadı.

"Daha on sekiz yaşındasın, anne olmak için çok gençsin," dedi Mohan.

"Ama bebeği doğurmak istiyorum," diye cevap verdi.

"Şu anda bir çocuğu karşılayamayız," dedi Mohan.

Emily, "İyi bir muayenehanen var ve yeterince iyi kazanıyorsun," diye karşı çıktı.

"Bir ev almak için paraya ihtiyacım var," dedi.

Emily dikkatli gözlerle Mohan'a baktı.

"Bana bu evin sana ait olduğunu söylemiştin," diye cevap verdi Emily.

"Beni sorgulama," diye bağırdı Mohan ve sözlerindeki tehdit kulaklarında yankılandı, yalnızlığı ve sessizliğiyle bütünleşti.

Bu bir uyarıydı; Emily korktu ve korkuyla boğuştu; Mohan değişmiş bir adamdı ya da gerçek doğasını göstermeye başlamıştı.

Emily sessizliğini korudu. Ama üzgündü ve ne pahasına olursa olsun çocuğu kurtarmak istiyordu. Mohan'dan kaçmaya çalıştı; yine de hiçbir seçeneği yoktu. Banka bakiyesi neredeyse sıfırdı ve geçimini sağlama olasılığı yoktu; gidecek bir yeri ve akrabası yoktu. Kendini talihsiz hissediyordu; aniden dünya değişti ve dehşete kapıldı.

Ertesi gün Mohan ona iki gün içinde yeni bir eve taşınacaklarını ve bundan önce kürtaj olması gerektiğini söyledi. Emily sessizdi.

"Konuş," diye sesini yükseltti Mohan.

"Bebeğimi aldırmak istemiyorum," diye mırıldandı.

"Söylediklerime itaat et," diye bağırdı Mohan ona iki tokat atarken.

Bunlar ağır darbelerdi; burnundan kan sızdı. Birkaç saniyeliğine karanlık oldu; yere düşüyormuş gibi hissetti. Acı dayanılmazdı; ilk kez biri ona vurmuştu. Musluğun altında yüzünü yıkarken Emily kan tadı aldı. Burnunu bir mendille kapattı ve mendil birkaç dakika içinde kanla iyice ıslandı. Emily yüksek sesle ağladı ama Mohan sağır numarası yaptı.

Oturma odasına gitti ve uzanmaya çalıştı; dayanılmaz acı ve kanama onu huzursuz etti ve gerçekle boğuşurken birkaç dakikalığına bilincini kaybetti.

O gün Emily üniversiteye gitmedi ama Mohan mahkemeye gitti.

Öğleden sonra iri yapılı bir kadın Emily'yi görmeye geldi. Mohan'ın arabasını kullanıyordu ve Emily'ye Mohan'ın kendisinden Emily'yi yeni evlerine götürmesini istediğini, orada Mohan'ın onları bekleyeceğini söyledi. Emily'nin içinde bir şüphe vardı ama onunla gitti. Yolda ikisi de hiç konuşmadı. Kadın kalabalık bir bölgeden, bir pazar yerinden geçiyordu ve yarım saat sonra trafik sıkıştı. Araba bir yarım saat daha durdu. Kadın sabırsızlandı ve bir kaza olduğunu söyleyerek arabadan indi ve yoluna devam edip edemeyeceğini öğrenmek için ilerledi.

Emily pencereden baktı. Her iki tarafta da yüzlerce dükkân ve diğer işyerleri vardı. Burası yerleşim bölgesi değildi ve kadının onu başka bir yere götürdüğünden emindi. Yaklaşık iki yüz metre ileride kırmızı zeminli büyük bir pano görebiliyordu: "KÜRTAJ KLINIĞI". Emily'nin omurgasını bir ürperti kapladı; bu ürperti tüm vücuduna yayılarak hayalini yıktı. Fazla düşünmeden kapıyı açtı ve kalabalığın arasında kayboldu.

El çantası dışında Emily'nin yanında hiçbir şey yoktu. Hızlıca yürüdü ve eski Kochi'nin bir parçası olan cep yoluna saptı. Bir saat boyunca koştu ve çoktan deniz kıyısına varmıştı. Yüzlerce balıkçı kadın yolun iki yanında yere çömelmiş balık satıyordu. Bunun ötesinde büyük Çin ağları vardı; güneş yakıcıydı, hava nemliydi ve deniz garip bir şekilde sakindi. Hindistan cevizi yağında kızarmış balık kokusu havayı dolduruyordu. Başını dupatasıyla örterek hızlı hızlı yürüyordu ama nereye gideceğini ya da ne yapacağını bilmiyordu.

O bölgeye daha önce hiç gitmemişti.

Emily bu kalabalıkta tek başınaydı, bir sokak kedisi gibi yalnızdı, korkak ve ürkekti, dünyada kimsesi yoktu ve kendisine ait diyebileceği bir yeri de yoktu. Burnundan kan damlamaya devam ediyordu; burnunu silerken parmakları hafifçe kanla ıslanmıştı. Gözlerine karanlık çöküyordu; başı ağırdı; orta yaşlı bir kadının balık sattığı yolun kenarına oturdu. Sanki hareket edemiyormuş gibi uzun süre orada oturdu, başı dönüyor ve kendini iyi hissetmiyordu. Birkaç müşteri vardı; kadın tartmak, temizlemek, kesmek ve paketlemekle meşguldü, kendini tamamen işine vermişti. Kızı balıkları çeşitlerine, büyüklüklerine ve renklerine göre düzenliyordu. Giderek daha fazla müşteri geliyor, balık alıyor ve gidiyordu, bazıları yalnız, bazıları küçük gruplar halinde, çiftler; her zaman pazarlık vardı. Onları izlemek ilginçti çünkü hepsi meşguldü ve herkesin geri dönecek bir yeri vardı, birileri birilerini bekliyordu. Yavaş yavaş müşteri sayısı azaldı, uzun aralıklarla bir ya da iki kişi geldi ve sonra hiç müşteri kalmadı. Emily orada oturdu ve mutlu bir ikili olan anne kızı izledi, tamamen işlerine dalmışlardı. Neredeyse her şeyi satmışlardı ve dükkânları neredeyse bomboştu, sadece birkaç parça küçük balık kalmıştı.

"Anne, gidelim; başka müşteri kalmadı," dedi on iki yaşlarındaki kız, kalanları küçük bir sepette toplarken.

"Saat kaç?" diye sordu kadın kıza.

"Saat on buçuk," diye yanıtladı kız.

Sokak artık neredeyse boşalmıştı; birkaç balıkçı kadın kalmıştı; onlar da sepetlerindeki artıkları topluyor ve sattıkları balıkları sergiledikleri plastik örtüleri katlıyorlardı.

"Neden burada oturuyorsunuz? Hiç balık almadın mı?" diye sordu kadın Emily'ye.

"Hayır, hiç almadım," dedi Emily.

"O zaman neden buradasın?" diye sordu kadın.

Emily kadına baktı; kırk yaşlarındaydı, iri yapılıydı ve dizlerine kadar inen bol bir elbise giymişti. Gözleri iri ve koyu renkliydi, belirgin bir burnu ve iri dudakları vardı. Konuşurken dişleri açıkça görünüyordu.

"Gidecek hiçbir yerim yok," dedi Emily.

Kadın Emily'nin sözlerini ve bakışlarını değerlendirmek için birkaç saniye Emily'ye baktı.

"Sana ne oldu? Burnunuzdan sızan kanı görebiliyorum," diye sordu kadın.

"Düştüm," diye cevap verdi Emily.

Artık kız işini bitirmişti; sepetler sağlamdı, plastik örtüler katlanmıştı ve bıçaklar dikkatlice deri bir keseye konmuş ve güvenli bir şekilde bağlanmıştı.

Kız Emily'ye bakarak, "Eğer bir yerin yoksa nerede uyuyacaksın?" diye sordu. Sesinde endişe vardı.

"Gece boyunca burada kalma; güvenli değil," dedi kadın.

Emily hiçbir şey söylemedi.

"Anne, bırak bizimle gelsin. Bizim evde uyuyabilir," dedi kız.

Kadın bir kez daha Emily'ye baktı.

"Bizimle gel," dedi kadın.

Emily'nin kalkmasına yardım etti. Elleri soğuk olsa da dokunuşu sıcak ve sertti. Kız, deri çantasını koyduğu sepetleri taşıyarak yürümeye başladı. Sağ elinde iki kova tutuyordu; içlerinde satılmamış balıklar vardı. Kadın başındaki katlanmış plastik örtüyü aldı.

Emily kıza, "Kovaları bana ver; onları tutabilirim," dedi.

Kız Emily'ye baktı.

"Her gün yapıyorum. Okuldan sonra akşam altı gibi buraya geliyorum ve on buçuğa kadar annemle oturuyorum," dedi kız.

"Ama bugün tutabilirim," dedi Emily.

Kız balık dolu kovaları Emily'ye verdi ve Emily sanki ailenin bir parçası olmuş gibi kendini iyi hissetti. Deniz kıyısında yaklaşık on beş dakika yürüdüler ve altı tane uzun barakadan oluşan bir kümeye ulaştılar; her barınakta on ev vardı ve anne kız beşinci barakada, ikinci evde kaldılar. Ev beyaza boyanmış, temiz tutulmuştu ve bir oturma odası, bir yatak odası, bir mutfak ve bir köşede tuvalet vardı.

Kadının kocası yatalaktı; kamyon şoförüydü ve bir keresinde muson yağmurları sırasında Batı Ghats'a tırmanırken kamyonu bir vadiye düştü. Omuriliği kırılmış ve sekiz yıl boyunca iş göremez hale gelmiş. Kızı babasına bir hemşire gibi baktı. Kadın kocasına karşı düşünceli ve sevgi doluydu.

Kadın Emily'ye banyoyu gösterdi. Emily giysilerini yıkadı, ılık suyla banyo yaptı ve kızın verdiği geceliği giydi. Gece yarısına doğru birlikte sıcak pilav, kızarmış balık ve sebze ile akşam yemeği yediler. Emily oturma odasının zemininde, pamuklu bir çarşafla örtülü bir şiltenin üzerinde uyudu. Gece soğuktu ve üzerini ince bir battaniyeyle örttü. Emily iyi uyudu. Sabah altı civarında kalktığında kadın mutfakta meşguldü ve kız da ders çalışıyordu. Yediye doğru kahvaltılarını yaptılar - puttu, kadala köri, muz ve filtre kahve. Kadın Emily'ye sabah sekizde balık almak için deniz kıyısına gideceğini ve kapı kapı dolaşarak satış yapacağını, öğleden sonra birde geri döneceğini, yemek pişireceğini, kocasını doyuracağını ve yine üçte balık alıp balıkçıya gideceğini ve gece on buçuğa kadar satacağını söyledi. Kız dokuz gibi okula gider ve akşam dört gibi dönerdi. Altıdan itibaren annesine yardım edecekti.

Kadın, beyaz kâğıtla kaplı bir sefer tası içinde iki paket yiyecek hazırlamıştı.

"Lütfen al; acıkabilirsin; yolda, nereye gidersen git, bunları yiyebilirsin," dedi.

"Çok teşekkür ederim. Ne diyeceğimi bilemiyorum," dedi Emily.

"Çantanın içine elli rupi koydum; bu iki günlük masrafınıza yeter, otobüs ücretiniz de cabası," dedi kadın ona içinde temiz giysiler ve iki şişe su bulunan küçük bir omuz çantası verirken.

Emily ağladı. Kalbi minnettarlıkla dolmuştu.

"Hoşça kal," dedi kız.

"İyi eğlenceler" diledi kadın.

Emily yürüdü ve elli üç kilometre ötedeki Alappuzha'ya gitmeyi düşündü. Şehir içinde otobüse binmek istemedi, bu yüzden güneye giden küçük bir kamyona bindi. Bir saat içinde, canlı ördekleri şehre geri getirmek için Kuttanad vis Alappuzha'ya giden başka bir kamyona bindi. Şoförün yanındaki koltuk boştu ve şoför ücret talep etmeden Emily'ye teklif etti. Bir saat içinde Alappuzha'ya ulaştılar ve Emily yaklaşık on-on beş kilometre ötedeki ördek çiftliklerine gitmeyi düşündü.

Kuttanad'da yüzlerce ördek çiftçisi vardı. Emily şoförle birlikte altı ördek çiftliğini görmeye gitti ve burada şoför dört yüz ördek satın aldı. Çiftçinin beş yüz kadar ördek yavrusunun yanı sıra bin beş yüzden fazla ördeği vardı. Emily ona bir iş verip veremeyeceğini sordu.

Çiftçi, karısı ve iki çocuğu ördek yetiştiriciliğiyle uğraşıyordu ve iki tam zamanlı işçi gün boyunca ördekleri çeşitli çeltik tarlalarına götürüyordu. Yumurtalar çatladıktan ve ördek yavruları dışarı çıktıktan sonra, on iki ay boyunca sürekli olarak bir çeltik tarlasından diğerine taşındılar. Birçok ördek tarlalara yumurta bıraktı ve işçiler bunları sepetlerde topladı. Akşamları yumurtaları ördeklerle birlikte avluya geri getiriyorlardı. Bazı ördekler avluya yumurta bırakırdı. On iki aydan büyük ördekler et için satılırdı.

Çiftçi, karısına danıştıktan sonra Emily'ye aylık beş yüz rupi ücret karşılığında, ördek avlusuna bitişik, bir odası, yemek pişirmek için bir platformu ve küçük bir tuvaleti olan bir kulübede kalacak bir iş teklif etti. Emily iş teklifini memnuniyetle kabul etti ve yaptığı iş yumurtaları yumurta kutularına koyup o çiftliğin adıyla mühürlemekten ibaretti. Her gün yaklaşık yedi yüz elli ila sekiz yüz yumurta vardı. Emily, yumurtaların ve farklı acentelere satılan canlı kuşların, alınan paranın, ödenen maaşın, satın alınan yemin ve diğer harcamaların hesap defterini tutmak zorundaydı.

Kuttanad'ın çeltik çiftçileri kazançlı olduğu için ördek yetiştiriciliğini teşvik ediyordu. Ördeklerin bir tünek alanına ihtiyacı yoktu, ancak ördek avlusu olarak bilinen, çeltik tarlasına bitişik ve eve yakın, yırtıcı hayvanlardan korunan kapalı bir alanda tutuluyorlardı. Emily işi seviyordu ve bütün gün meşgul oluyordu.

Çiftçinin karısı arkadaş canlısıydı; Emily'ye neredeyse her gün körili ördek, kızarmış balık ve farklı pilav çeşitleri gibi pişmiş yemekler veriyordu. Emily'nin hamile olduğunu öğrendiğinde, onu düzenli olarak konsültasyon ve tıbbi yardım için bir jinekoloğa götürdü.

Emily çiftçinin ailesinde yedi ayını doldurduğunda kuş gribi aniden Kuttanad'a yayıldı. Hızla yayıldı ve her gün binlerce ördek öldü. Hükümet, etkilenen bölgedeki kuşları itlaf etmeleri için gönüllüler gönderdi. Emily'nin çiftliğinde neredeyse tüm ördekler üç gün içinde itlaf edildi ve leşleri tarlada yakıldı. Kısa süre sonra Emily işsiz kaldı ve çiftçi lakhlarca rupi kaybetti. Çiftçinin karısı Emily'ye kendisiyle kalabileceğini ve doğum masraflarını karşılayacaklarını söyledi. Ancak Emily onlara yük olmak istemedi ve ertesi gün erkenden yanlarından ayrıldı.

İş aramak için Kumarakom'a giden bir tekneye bindi, çünkü burada çok sayıda tekne ev ve restoran vardı; yurtdışından ve Hindistan'ın farklı eyaletlerinden gelen yüzlerce turist Kuttanad'ın durgun suları çevresindeki turistik noktaları ziyaret ediyordu. Hamile olduğu için birçok tekne ev ve restoran iş talebini reddetti. Emily akşama kadar iş aramak için yollarda dolaştı. Hava karardığında palmiye yapraklarıyla kaplı, bir kadın ve kocası tarafından işletilen yol kenarında bir restoran gördü. İkisi de Bengalli'ydi. İki küçük çocukları vardı. Emily onlara müşterilere çay ve yemek servisi yapmak, mutfak eşyalarını yıkamak ve temizlemek için onlarla birlikte çalışıp çalışamayacağını sordu. Çift nazikti ve ona bir iş sağlamaya hazır olduklarını, orada yemek yiyebileceğini ve uyuyabileceğini söylediler.

Restoran ağırlıklı olarak Bengal yemekleri sunuyordu; müşterilerin çoğu kahvaltı, öğle ve akşam yemeği için gelen Bengal, Odisha ve Assamlı işçilerdi. Pirinç, çeşitli balık yemekleri, farklı türde tatlılar ve çay menüdeki ana öğelerdi. Emily'nin işi, kadın tarafından pişirilen yemekleri servis etmekti. Kocası ise restoranı temizliyor, mutfak eşyalarını yıkıyor ve satın alma işlerini yapıyordu. Emily çift ile birlikte yemek yiyor ve yerde uyuyordu. Emily'nin onlarla geçirdiği günler mutluydu çünkü işverenleri ona saygı ve ilgi gösteriyordu.

Sonra polis ekibi geldi; acımasızlardı. Restoran yol kenarında, devlet arazisi olan Porompokku'da inşa edildiğinden, polis kulübeyi on dakika içinde söktü ve yaktı. Geriye hiçbir şey kalmadı; mutfak eşyaları bile yok edildi. Bengalli çift her şeylerini kaybetti; çocukları yolda durup ağladı.

Kadın Emily'ye sarıldı, ağladı ve iki ay boyunca çalışması için ona beş yüz rupi verdi.

Emily, yaklaşık on beş kilometrelik bir mesafe olan Kottayam'a yürüdü. Çantasında dokuz yüz elli rupi vardı ve kendini oradaki bir doğum hastanesine yatırmayı düşünüyordu. Yaklaşık beş kilometre sonra bir araba önünde durdu; arabadaki bir kadın Emily'ye nereye gittiğini sordu ve o da yakınlarda birkaç doğum hastanesi olduğunu bildiği için Jubilee Park, Kottayam'a gideceğini söyledi. Kadın arabaya binmesine yardım etti ve on beş dakika içinde Jubilee Park'a vardı. Arabadan indiğinde Emily kendini yorgun hissetti; tekrar oturmak istedi. Parkın içine doğru yürüdü ve saatlerce bir bankta oturdu. Esmer, kısa boylu bir adam olan Kurien karşısında durduğunda, kendisine yardım edecek birinin olduğunu anladı. Kurien'in empati dolu bir kalbi vardı. Karnataka polisi Kurien'e saldırıp onu öldürdüğünde, Emily ve Thoma Kunj'u seven canlı bir merkez göremediler; onlar için bir aileye duyulan sevgi önemsiz ve varolmayan bir şeydi. Yüzüne, göğsüne ve karnına aldıkları her darbeyle Emily için darağacı inşa ettiler ve onun darağacı Ayyankunnu'daki kilisesinin önünde duran bir haçtı. Thoma Kunj onu iki bin yıl önce Kudüs'ün eteklerinde ölen çıplak İsa'nın üzerinde asılı gördü. Kurien, Mysore Kannur karayolu üzerinde Makkoottam yakınlarında orman içinde ölmüştü ve Emily İsa'ya inananların önündeydi.

Thoma Kunj'un darağaçları bağımsız Hindistan'da inşa edildi; burada sesi çıkmayan cinayet hükümlüleri asılırken, sesi çıkanlar siyasetçi ve bakan oldular. Darağacı Hammurabi, Bentham ve Mohan adına orada duruyordu. Darağacında iki mahkum için iki ilmik vardı; Thoma Kunj bunu müebbet mahkumlarının konuşmalarına kulak misafiri olduğunda öğrenmişti. Hükümet darağacını vatandaşlarına karşı kullanıyordu, tıpkı George Mooken'in domuz mezbahasındaki giyotin gibi. Ama darağacında domuzlar insanlardı.

Ilmek

Odysseus ve oğlu Telemakhos, Odysseus'un yokluğunda hizmetçilerinin ona sadakatsizlik ettiğini düşündükleri için on iki hizmetçiyi ilmeklerle darağacına astılar. Öğretmen dokuzuncu sınıfta Odysseia'dan bir bölüm açıkladı ve Thoma Kunj dikkatle dinledi.

Öğretmen Ambika'ya "Odysseia'nın yazarı kimdir ve hangi dilde yazmıştır?" diye sordu.

Ambika, "Odysseia'nın yazarı Homeros'tur ve Yunanca yazmıştır," diye yanıtladı.

Odysseia ne tür bir edebiyattır?" Soru Appu'ya yöneltilmişti.

Appu cevap veremediği için etrafına bakındı. Öğretmen soruyu tekrarladı ve Thoma Kunj'dan cevap vermesini istedi.

"Epik bir şiirdir," dedi Thoma Kunj.

Odysseia'nın ana temasının ne olduğunu kim söyleyebilir?" Öğretmen herkese bakarak sordu.

"Sınıfta sanki öğrenciler derin düşüncelere dalmış gibi bir sessizlik vardı; Thoma Kunj sağ elini kaldırdı ve öğretmen konuşmasına izin verdi.

Thoma Kunj, "Odysseia'da üç ana tema vardır - misafirperverlik, sadakat ve intikam," diye açıkladı.

Öğretmen onu tebrik ederken, "İyi cevap verdin; nereden öğrendin?" diye sordu.

"Annem bana Mahabharata, Ramayana, Odysseia, Silappathikaram, Gılgamış Destanı ve Kayıp Cennet gibi pek çok destanın hikâyesini anlatmıştı. İyi bir hikaye anlatıcısıydı ve ondan pek çok ders aldım," diye anlatıyor Thoma Kunj.

Öğretmen ve diğer öğrenciler onu sessizce dinledi. Emily'nin bir yıl önce öldüğünü biliyorlardı ve Thoma Kunj depresyonda olmasına rağmen derslerine devam etti. Hafta sonları ve tatillerde George Mooken'ın domuz ahırında çalışıyordu, George Mooken ve Parvathy onu evlat edinmeye hazır olduklarını ifade etseler de. Ancak Thoma Kunj bağımsız yaşamakta ve geçimini sağlamak için çalışmakta ısrar etti.

Emily, İthaka Kralı Odysseus'un hikâyesini anlattı. Destanlar onun Truva savaşından sonra evine dönmek için verdiği mücadeleleri ve karısı Penelope ve oğlu Telemachus'a kavuştuğunda gösterdiği kahramanlıkları tekrarlıyordu. Homeros kader, tanrılar ve özgür irade kavramlarından etkilenmiştir. İnsanlara özgür irade bahşedilmişti ve eylemlerinden sorumluydular, bu da destanın temel felsefesiydi. Özgür irade kavramı, insan özgürlüğüne ilişkin batı fikirlerini etkileyen Yunan düşüncelerinin temel direğiydi. Dinler, felsefeler, edebiyat, hukuk ve siyaset özgür iradeye dayalı olarak gelişti ve serpildi. Bunun yanı sıra, dindarlık, gelenekler, adalet, hafıza, keder, şan ve şeref gibi bazı farklı güçler de insanların yaşamlarını şekillendirdi, ancak bunlar özgür iradeye bağlıydı. Emily'nin anlattığı hikâyeleri dinlemek çok güzeldi ve Thoma Kunj da onun yanına oturarak sözlerine kendini kaptırdı.

"Eylemlerimizden büyük ölçüde sorumluyuz ama tamamen değil," dedi Emily.

"Neden sorumlu değiliz?" Thoma Kunj bir soru sordu.

"Bizler doğanın ve yetiştirilme tarzının ürünleriyiz. İçimizdeki ve çevremizdeki bazı şeyler bizi şekillendirir; onları değiştiremeyiz, sadece kabulleniriz. Hayatımızın bazı yönlerinin yaratıcısı biziz, dolayısıyla bu eylemleri değiştirebilir ve bunlardan sorumlu olabiliriz," diye açıkladı Emily.

Thoma Kunj'un farklı bir görüşü vardı.

Özgür irade bir çelişkiydi. Eğer insanlar özgür olsalardı, özgür olmaya kararlı olurlardı ve özgür olamazlardı. Eğer insanlar özgür değillerse, özgür olmamaya mahkumdular ve özgür irade var olamazdı. İnsanlar George Mooken'ın domuz ahırındaki çiftlik hayvanları gibiydiler; asla doğmak istemediler, hadım edilmekle ilgilenmediler ve asla giyotine gönderilmeyi istemediler. Dünya Tanrı'nın yarattığı muazzam bir mezbahaydı ve her insan cennete girmek için hadım edilecek bir domuz yavrusuydu. Tanrı, Thoma Kunj için bir gizem olan cenneti ve dünyayı yaratmıştı; ya cennet ya da dünya yeterliydi ve her ikisi de gereksizdi. Tanrı insanları cennete ya da cehenneme itmeden önce onları yeryüzünde sınamaktan kaçınmalıydı. Thoma Kunj evde yalnızken bunları düşündüğünde sessizce gülüyordu.

"Cennet ve cehenneme inanıyor musun?" Thoma Kunj okula doğru yürürlerken en yakın arkadaşı Ambika'ya sordu.

Hayır," dedi Ambika.

"Neden?" diye sordu. Thoma Kunj sordu.

"Babam bana tüm dinlerin tarihi gerçeklere değil, sahte hikayelere dayandığını söyledi. Öğretmenimizin sınıfta anlattığı gibi, Odysseia gibi her din de yazarlarının ve kurucularının hayal gücüyle gelişmiştir."

"O zaman sahte olmayan ne?" Thoma Kunj sordu.

"Babama göre komünizm tek başına sahte değildir. O yoksulların, ezilenlerin, işçilerin sesidir." Ambika yanıtladı.

"Babanın sözlerine güveniyor musun?" diye sordu Thoma Kunj.

"Elbette, yalan söylemez," dedi Ambika inançla.

Thoma Kunj, Ambika'ya babası ve arkadaşlarının neden siyasi muhaliflerinin evlerini basıp onları baltalarla parçalara ayırdıklarını ya da evlerine köy yapımı bombalar attıklarını sormak istedi. Ambika'nın babasının aktif olduğu gençlik kanadı tarafından Kerala'nın her yerinde pek çok cinayet işlenmiş, diğerleri de misilleme yapmış ya da bazen şiddeti başlatmış. Ancak Thoma Kunj Ambika'yı incitmek istemediği için ona sormadı.

Ambika'nın babası Kannur'un önde gelen parti çalışanıydı ve emrinde kendisi ve patronları için her şeyi yapacak yüzlerce genç vardı. Arkadaşlarının çoğunun işi yoktu çünkü her zaman ajitasyonlar, protestolar, kamu mallarının yakılması, şiddet ve cinayetlerle meşguldüler. Küçük ölçekli endüstriler, eğitim kurumları ve diğer siyasi partilerin gençlik kolları hedefleriydi. Çabaları nedeniyle Kerala'da birçok endüstri kapılarını kapattı ve Ambika'nın babası ve takipçileri zaferlerini alkol ve tandır tavuğu ile kutladı. İşsizlik ve eksik istihdam, hayal kırıklığına uğramış gençleri kendi saflarına katmak için gerekliydi. ABD'ye karşı yüksek sesle konuşuyor ve ne pahasına olursa olsun gizlice yeşil kart almaya çalışıyorlardı. Seçkinleri iş ve uzman tıbbi tedavi için sık sık BAE, Avrupa ülkeleri ve ABD'yi ziyaret ediyordu. Bazıları uyuşturucu, altın ve lüks eşya kaçakçılığı yapıyordu.

Thoma Kunj, para ve paketlenmiş yiyecek toplamak için kovalarla ev ev dolaşan çok sayıda genç adam görmüştü. Akşam olduğunda kovaları doluydu. Para verme zorunluluğu yoktu, ancak ödeme konusunda isteksiz olanlar genç tugayların kol bükme taktiklerine maruz kalıyordu.

Amika okula birlikte yürürken Thoma Kunj ile babası hakkında pek çok hikâye paylaştı. Ona güveniyor ve onu seviyordu. Thoma Kunj Appu'ya vurduğunda Ambika sınıftaydı.

Okul müdürü, Appu'nun yüzüne vurduğu ve dişleri düştüğü için Thoma Kunj'un bu hareketinden sorumlu olduğunu açıkladı. Bu, Thoma Kunj'un birine karşı ilk ve son öfkelenişiydi. Kendini kontrol edemiyordu; aldığı tepki beklediğinin de ötesindeydi. Hiç kimse, şiddet geçmişi olmayan uslu bir genç olan Thoma

Kunj'u neyin kışkırttığını sormadı. Appu'nun ağzının bozukluğu kimsenin umurunda değildi.

Appu sınıfta öğretmen yokken Thoma Kunj'a "Annen bir veshya'ydı," dedi. İyi bir öğrenci olduğu, sınıftaki neredeyse tüm soruları yanıtladığı ve İngilizceyi oldukça iyi konuştuğu için Thoma Kunj'u kıskanıyordu. Appu'yu kışkırtan şey, Thoma Kunj'un öğretmenin sorduğu sorulara cevap verebilmesi ve annesinin farklı destanların hikayelerini anlattığını söylemesiydi. Appu kıskançlıktan yanıp tutuşuyordu; Thoma Kunj'u tüm öğrencilerin, özellikle de kızların önünde küçük düşürmeye kararlıydı. Appu, Thoma Kunj'un Ambika'ya karşı özel bir sevgisi olduğunu biliyordu ve Thoma Kunj'u onun önünde küçük düşürmek için fırsat kolluyordu. Yapılacak en iyi şey Thoma Kunj'un ölmüş annesi hakkında kötü konuşmaktı. Appu arkadaşından papazın Pazar vaazında ona veshya dediğini duymuştu. Appu'ya göre Thoma Kunj'u küçümsemek için en uygun sözcük buydu.

Thoma Kunj, Appu'dan daha uzun boylu, daha kaslı ve daha iriydi. Kurien kısaydı ve Appu Thoma Kunj'un babasının neden kendisine benzemediği konusunda sorular sormaya başlamıştı bile. Thoma Kunj'un nefret ettiği yüksek sesle gülüyordu ama Appu'ya karşı kötü bir niyeti yoktu.

"Thoma Kunj, kibirli olma; anneni ve babanı herkes biliyor. Ambika bile annenin bir veshya olduğunu biliyor," diye kükredi Appu ve bütün sınıf Thoma Kunj'a baktı. Ailesi hakkında, özellikle de annesi hakkında kötü konuşulmasından hiç hoşlanmazdı. Annesi altın kalpli iyi bir kadındı, onu kelimelerin ötesinde seviyordu ve kimsenin onu aşağılamasını asla kabul edemezdi. Cesaretin kişileşmiş hali olarak, toplumdaki kötülüklere, onu aldatanlara ve yaralayanlara karşı savaştı. Thoma Kunj'un gözleri öfkeyle yanıyordu. Ellerini yumruk yaptı; Thoma Kunj tüm gücüyle Appu'nun yüzüne vurdu.

Appu bayıldı ve öğretmenler tarafından derhal sağlık ocağına götürüldü. Bir gün içinde babası polis karakolunda Thoma Kunj, sınıf öğretmeni ve okul müdürü hakkında dava açtı. Appu bir gün içinde hastaneye sevk edildi ve iki hafta boyunca orada kaldı. Dişlerini, diş etlerini ve dudaklarını düzeltmek için ameliyatlar yapıldı.

Okul müdürü kükredi; gözleri dışarı fırlamıştı. Thoma Kunj ilk kez onun odasına giriyordu. Birkaç öğretmen daha oradaydı; hiçbiri Thoma Kunj'a sempati duyduğunu ifade etmedi, sanki annesine fahişe demek kötü bir şey değilmiş ve hiçbir sonucu yokmuş gibi. Thoma Kunj öğretmenlerin tepkilerini okuyabildiği için onlara bakmadı. Sınıf öğretmeni oradaydı ve Thoma Kunj'un dersteki ve sınavlardaki performansını sık sık takdir ediyordu. Ama sınıf öğretmeni de sessizdi.

"Appu'ya neden vurdun?" diye gürledi müdür.

Appu ölmüş annesine kötü davranmış ve ona fahişe demişti ve Thoma Kunj bunun suçluluğunu ortadan kaldırmaya yetecek sağlam bir cevap olduğunu düşündü. Appu daha varlıklı bir aileden geliyordu;

onun refahını gözeten bir ailesi vardı. Ama Thoma Kunj bir yetimdi; Parvathy ve George Mooken'den başka kimsesi yoktu. Ailesi olanlar daha güçlüydü; Thoma Kunj bunu çok iyi biliyordu. Ayyankunnu ormanındaki bir kaplan yavrusu bile öksüz bir hayat süremezdi; sırtlanlar onu yemek için bekliyordu. Kushalnagara yakınlarındaki Dubare Fil Kampı'nda annesi olmayan altı aylık bir fil yavrusu görmüştü. Yalnız ve çaresizdi, tıpkı Barapuzha'nın sel sularında yüzmeyi bilmeyen bir adam gibi. Zeki olmak ya da sınıf içi sınavlarda yüksek notlar almak yeterli değildi; ihtiyaç duyulan şey ebeveynlerin desteği ve korumasıydı. Thoma Kunj yalnızdı, tıpkı bir turta köpeği ya da giyotine götürülen bir domuz gibi.

Müdür, "Kendini savunmaya çalışma," diye bağırdı.

Thoma Kunj ona baktı. Sağ elinde bir baston vardı.

Sırtına ve kalçalarına darbe üstüne darbe indiriyordu. Birisi Thoma Kunj'u ilk kez sopalıyordu ve sopa sanki derisini yüzüyormuş gibi tekrar tekrar üzerine iniyordu. Hiçbir öğretmen merhamet dilemedi ve kimse onun acısını umursamadı. Yarım düzine yetişkin erkek bağırıyor ve böğürüyordu.

Thoma Kunj, hiçbir öğretmenin dayağa karşı tepki göstermemesi nedeniyle incindiğini hissetti.

"Beni dövmeyin," diye yalvardı Thoma Kunj.

Birdenbire sessizlik oldu. Gök gürültüsünden sonraki sessizlik gibiydi.

"Ne dedin sen? Ne cüretle okul müdürüne emir verirsin?" diye bağırdı sınıf öğretmeni.

Sınıf öğretmeni Thoma Kunj'un omuzlarına ve göğsüne vurmaya devam etti.

"Kendini savunma. Yaptığın şey ciddi bir suçtur," diye bağırdı sınıf öğretmeni Thoma Kunj'u döverken.

"Kendini savunma, kendini savunma, kendini savunma," Thoma Kunj bu sesin yankısını binlerce kez duydu. Okul binasının duvarları döngüsel olarak yankılandı.

"Durdurun şunu!" Parvathy kulübenin içine koşarak bağırdı. Bu bir emirdi.

Öğretmenler şaşkınlıkla ona baktı ve tam bir sessizlik oldu.

"Ne kadar kalpsizsiniz? Siz zalim adamlar, bir çocuğu kuduz bir köpek gibi dövüyorsunuz. O yanlış bir şey yaptı ama bu onu dövmek için bir suç çetesi kurabileceğiniz anlamına gelmez. Onun derisini bu kadar acımasızca yüzmeye hakkınız yok. O bir yetim; bu onu öldürme ehliyetiniz olduğu anlamına gelmez." Parvathy'nin sözleri kudretli Sahyadri'ye eşi benzeri görülmemiş bir güçle çarpan, ağaçları kökünden söken ve kayaları sallayan bir rüzgar gibiydi.

Parvathy Thoma Kunj'u cipine götürdü ve hızla uzaklaştı.

Bir gün içinde çocuk mahkemesi hakimi Thoma Kunj'un velayetini aldı. George Mooken ve Parvathy hemen mahkemeye ulaştılar ve iyi hali için kefil oldular.

Yargıç Thoma Kunj'u George Mooken ve Parvathy'nin bakımı ve koruması altında serbest bıraktı.

Thoma Kunj bir ay boyunca yatalak kaldı. Parvathy gece gündüz onun yanında kaldı, yemeğini pişirdi, onu besledi ve bakımını üstlendi. Her gün onu ziyaret etmesi için bir doktor ve onunla ilgilenmesi için bir ev hemşiresi ayarladı.

Bir ay içinde Thoma Kunj okuldan bir yazı aldı ve okuldan uzaklaştırıldı. Çok geçmeden George Mooken okula koştu, ancak okul müdürü kararlıydı. George Mooken okul müdürüne Thoma Kunj'a başka bir okula geçmesi için transfer sertifikası vermesi için yalvardı; ancak okul müdürü Mooken'in itirazını reddetti.

Bu Thoma Kunj'un eğitiminin sonu oldu; hayali bir mühendis olmaktı ve günlerce ağladı. Eğitimsiz, bilgi edinmeden ve profesyonel bir derece elde etmeden bir hayat hayal etmek kolay değildi. Sürekli sıkıntı onu başarısızlık duygusuyla sarmaladı; tıpkı Ayyankunnu'yu günlerce kaplayan, tepeleri çevreleyen, hindistan cevizi ve kauçuk ağaçlarının üzerine yayılan sis gibiydi. Thoma Kunj, başına gelen en kötü kadere inanamadığı için hadım edilmiş bir domuz yavrusu gibi ağlıyordu. Kendisiyle alay etmek isteyen devasa yaratıklara karşı savaştığı kabuslar gördü. Yaptıklarının sorumluluğunu düşünerek, kendinden utanarak uykusuz geceler geçirdi. Sanki küstahça, oldukça kötü ve karşılığı olmayan bir şey yapmış gibi aşağılanma duygusu onu ele geçirmişti. Kaçış yoktu ve hayatı boyunca herhangi bir kurtuluş olmaksızın acı çekmek zorundaydı, çünkü hayatın yükü her yeri kaplamış, baskıcı ve devasaydı.

Thoma Kunj hiçbir umudu olmadan bir çıkmazın altında ezildiğini hissetti ve kaderinden korkmaya başladı. Yaptıklarını savunmayı düşündü ama sınıf öğretmeninin sözleri onu hindistan cevizi ağaçlarını bile kökünden söken bir kasırganın habercisi olan bir dolu fırtınası gibi ezdi. Zaman zaman Appu'ya vurduğu için duyduğu pişmanlık onu günlerce ele geçirdi ve Thoma Kunj defalarca kendi yüzünü yumrukladı. Yeterince iyi olmadığı duygusu onu ezdi ve bağırdı: "Bedeli ne olursa olsun kendimi asla savunmayacağım." Bu bir yemin, annesi Emily'nin adına edilmiş bir yemin.

Depresyon düşüncelerini kırıştırdı.

Bir erkek kendini savunmak için değil, başkaları içindir. Ama başkalarının bencilliğinin bataklığında kaybolacaktı. İnsanlar bencildi ve kendilerini kurtarmaya çalışıyorlardı. Bu üzücü bir duyguydu ve Thoma Kunj duygularının farkındaydı, göğsünde sürekli yanan bir şey, her an patlayabilecek bir volkan vardı. Kendini savunmama kararının sağduyulu ve mantıklı bir seçim olup olmadığını merak ediyordu. Bu, başarısızlıklarının ve sıkıntısının bir kopyası, bir yankısı mıydı? Kararıyla ilgili sürekli endişe onu binlerce parçaya ayırdı. Vücudunun her yerinde kas gerginliği hissediyor ve yürümekte, herhangi bir şey yapmakta, hatta yemek yemekte ve yatmakta bile zorluk çekiyordu. Parvathy ondan günlük rutinine konsantre olmasını ve zihnini hayatında meydana gelen trajik olaylardan arındırmasını istedi. Thoma Kunj uzun süre Parvathy'ye baktı ama endişelerini ve kaygılarını ifade edecek hiçbir kelimesi yoktu ve zihni zaman zaman mantıksızdı. Thoma Kunj Parvathy'nin yanında oturan bir çocuk gibi ağladı. Emily'yi düşünüyor ve onun varlığını hissediyordu; onun için Parvathy annesine dönüşüyordu.

Thoma Kunj'un depresyondan kurtulması yaklaşık altı ay sürdü ve Parvathy sayesinde kendini yeniden kazandığını anladı. Thoma Kunj yeni bir insana dönüştü ve Parvathy ile George Mooken'e domuz ahırlarında çalışma arzusunu dile getirdi. Kısa süre sonra Thoma Kunj işe koyuldu ve her ay yaklaşık yirmi ila yirmi beş domuz yavrusunu hadım etme tekniklerini öğrendi. Geri kalan zamanlarda George Mooken için tesisatçı, elektrikçi ve muhasebeci olarak çalıştı.

Thoma Kunj, Emily ve Kurien tarafından inşa edilen evini yeniledi. Oturma odasına, babasının ölümünden hemen önce, yaklaşık on yaşındayken ailesiyle birlikte otururken çekilmiş büyük bir fotoğrafını astı. Uyumadan önce onlarla hevesle konuşur, o gün neler olduğunu anlatır ve her olayı açıklardı. Onların kendisiyle konuştuklarını duyabiliyordu ve bu konuşma bir saat boyunca devam etti.

Parvathy ve George Mooken ile çalışmak büyük bir keyifti; Thoma Kunj her gece ertesi gün onlarla buluşmak için sabırsızlanıyordu. Onam ve Noel gibi festival günleri dışında, onlar her gün yemek yemek için ısrar etseler de onlarla yemek yememek için kendini mazur görüyordu. Bağımsız olmak, özgürlüğünü ve sessizliğini yaşamak istiyordu.

Thoma Kunj, kendisini sevdikleri, saydıkları ve güvendikleri için onların arkadaşlığına değer veriyordu.

Bir Pazar sabahıydı. "Thoma Kunj," aylardır birlikte bekledikleri bir sesti bu. Avluda durmuş Thoma Kunj'a bakan Ambika'nın gözleri mutlulukla doldu.

"Gelip ziyaret etmek istedim. Her gün seni düşünüyorum ve bir boşluk hissediyorum. Okula giderken birçok gün seni aradım. Neden okula gitmeyi bıraktın? Seninle günlerce görüşemediğim için kalbim ağırlaştı. Lütfen okula geri dön," Ambika birçok şey söyledi ve nefes almak için mücadele etti, ancak yüzü umut yansıtıyordu.

"Ambika, ben iyi değildim. Ama her gün seni düşündüm. Seninle tanıştığım için çok mutluyum" diye cevap verdi.

"Neden okula dönmüyorsun?"

"Okuldan atıldım. Artık öğrenci değilim. Okul müdürü başka bir okula geçmem için bana nakil belgesi vermeyi reddetti," dedi Thoma Kunj. Sözleri açık ve yumuşaktı, nefret ya da intikam içermiyordu.

Ambika duyduklarına inanamıyormuş gibi şaşkınlıkla ona baktı. Ani bir duygu patlaması oldu. Onun hıçkıra hıçkıra ağladığını, kederini ifade ettiğini görebiliyordu.

"Thoma Kunj, seni seviyorum. Büyüdüğümde seninle evlenmek istiyorum," dedi Ambika onun gözlerinin içine bakarak. Bu gerçek onun ruhundan geliyor ve kalbi gibi çarpıyordu. İlk kez aşktan söz ediyordu, hem de resmiyetten uzak, yalın sözcüklerle.

"Ben de seni seviyorum Ambika. Seni sık sık düşünüyorum. Rüyamda ikimizin birlikte nehri yüzerek geçtiğimizi gördüm." Thoma Kunj bunu yavaşça, onun gözlerinin içine bakarak söyledi.

Ayrılırken, "Seni bekleyeceğim, yalnız seni," dedi.

Birdenbire Thoma Kunj'a biri dokundu; bu el, anne ve babası dışında şimdiye kadar gördüğü en güçlü, en sağlam ve aynı zamanda en şefkatli eldi. Tanrı'nın eli. El onu nazikçe son durağa, darağacının altına götürürken bunu canlı bir şekilde hissetti. O eli uzun yıllardır, hatta sonsuza dek beklemişti. Bir an için zihni allak bullak oldu ama her yere sessizlik hakim olmasına rağmen etrafındaki sesleri dinlemeye çalıştı. Sonsuzluğun parmağından akan ve bedenine geri dönen bir elektrik akımı hissi gibiydi. Hayatta bir kez yaşanacak bir deneyim olan sonsuzluğun yakınlığı karşısında büyülenen Thoma Kunj kendine baktı. Bu yaratılış deneyimiydi, evrenin başlangıcıydı, çamurdan yeni bir Adem'in ortaya çıkışıydı, tıpkı bir çömlekçinin bir çömleği şekillendirmesi gibi, yatıştırıcı, nazik ve her şeyi kapsayan. O, Cennet'ten hapishanenin karanlığına kovulan adamdı. O, suçu bir çarmıh gibi omuzlarında Calvary'ye taşıyan masum kişiydi. Ona dokunan el celladın eliydi ve Thoma Kunj bunu biliyordu. Tanrı cellada dönüşmüştü ve Thoma Kunj da Mesih'ti ve öne doğru adım attı; çıplak ayakları, kol çekildiğinde çukura doğru açılacak olan darağacının ayaklığını hissedebiliyordu. Darağacının ayak basamağı pürüzsüzdü ve üzerinde durmak on bir yıllık bekleyişin ardından elde edilen en büyük başarı gibiydi. Her gün sabah üçten beşe kadar ayak seslerini bekleyerek geçen bir yıllık hücre hapsinin finaliydi. Darağacına dokunmak ve onu deneyimlemek, ilmeğin sertliğini hissetmek ve ocağın içinde sallanmak için bir merak vardı. Cellat bacaklarını bağladı ve vücudunun ağırlığını hissedebiliyordu ama kendini Everest'in zirvesindeymiş gibi hissediyordu. Bacaklarının etrafındaki bağ sonsuzluğun kucaklamasıydı, nazik ve yumuşak ama katı ve kaçınılmaz.

Ama Ambika'nın ilk kucaklaması hoştu ve Ayyankunnu ormanının bitişiğindeki yamaçta şiddetli bir yangının yayılması gibi varlığının her hücresinde coşkulu bir şimşek yarattı.

"Thoma Kunj," diye seslendi. Korku gözlerini yiyip bitiriyordu.

"Babam evliliğimi ayarladı." Ambika titriyordu. Henüz on altı yaşındaydı ve onuncu sınıftan sonra ortaokulun ilk sınıfındaydı. Ambika, evinin kapısının eşiğinde dururken ona doğru koştu.

Onu sıkıca kucakladı ve dudaklarını ağzının içine aldı; dili yanaklarında ve çenesinde, meme uçlarını yutmaya çalışan ve burnuyla annesinin memesine bastıran yavru bir düve gibi gezindi. Üst dudaklarının, yanaklarının ve çenesinin üzerindeki çok koyu ve kaba olmayan kabarık tüyleri tükürüğüyle ıslanmıştı.

"İçeri gel," diye mırıldandı onu içeri çekerken. Ambika ilk kez onun evine giriyordu. Onu bir kez daha sıkıca kucakladı ve yanaklarından öptü.

Yüzü ve elleri şiddetli bir dayaktan dolayı şişmişti.

"Babam beni nefret ettiğim biriyle evlenmeye zorluyor. Marksist Parti'nin gençlik kanadının intikam timini yönetiyor," dedi Ambika hüngür hüngür ağlarken.

"Ambika," diye tekrar tekrar seslendi Thoma Kunj.

"Buradan kaçıp gideceğiz. Seninle birlikte yaşamak ve ölmek istiyorum. Benim için seçtiği şeytanla evlenmeyi kabul etmediğim için babam beni dövdü. Bir hafta boyunca bir odada kilitli kaldım." Ambika'nın sözleri net değildi ama yaşadığı derin sıkıntıyı yansıtıyordu.

"Ben hazırım Ambika, Virajpet, Gonikoppal ya da Madikeri'ye gidelim. Orada mutlu bir hayat sürebiliriz. Gelin, bu cehennemden kaçalım. Ama ikimiz de daha on altı yaşındayız ve evlenmek için iki yıl daha beklememiz gerekecek," diye yanıtladı Thoma Kunj, Ambika'nın elini tutup göğsüne yaslayarak. Onun minik göğüslerini göğsünde hissedebiliyordu.

"Ambika!" Dışarıdan bir kükreme sesi geldi.

Thoma Kunj ellerinde balta ve sopalar olan bir grup adam gördü. İçlerinden ikisi içeri koştu. Ambika'yı Thoma Kunj'un ellerinden çekip aldılar.

Ambika'nın babası kızını sürüklerken Thoma Kunj'a "Kanlı domuz, suçunun cezasını çekeceksin," diye bağırdı.

"Eğer onun peşinden gelirsen senin kafanı keseriz. Ona nasıl bakacaksın? Senin bıyığın bile yok," diye bağırdı genç bir adam, elindeki kaba kılıcı Thoma Kunj'un boynuna doğrultarak.

"Thoma Kunj," Ambika'nın hıçkırıkları fırtına öncesi alacakaranlıkta demirhindi yapraklarının mırıltısı gibi geliyordu.

Thoma Kunj darağacına doğru yürürken elinde kılıç olan genç adam Kerala Eğitim Bakanı'ydı ve Thoma Kunj aynı genç adamın Thoma Kunj pansiyondaki boru hattını onarmaya gittiğinde bir kadın yurdunun odasında saklandığını bilmiyordu.

Ölüm cezası, küçük bir kızın tecavüze uğrayıp öldürülmesinin karşılığıydı; katil kim olursa olsun, birinin cezasını çekmesi gerekiyordu. Yoksa Ambika'yı kucakladığı, sevgisine ve güvenine karşılık verdiği için mi? Her ikisi için de olabilir. Hapsedilmek gerekli olduğu için darağacında ölüm kaçınılmazdı; masum olan suçu, lekeyi ve günahı silebilirdi. Darağacında ölüm tecavüz, boğma ve cinayet için yetersiz bir tazminattı ama ölüm nihai bir cezaydı. Thoma Kunj, Tanrı'nın Kendi ülkesinin eğitim bakanı olan bir milletvekilinin oğluna hiçbir şey yapamazdı.

Yanında duran başka bir mahkûmun varlığını hissetti ve onun ağır nefes alışını duyumsadı. Haremin kokusu Thoma Kunj'u sarmıştı. Mashrabiya, Abayalar giymiş cariyeler, sağ elinde palasıyla Razak'ı arayan Akeem ve sol elinde Mısırlı'nın kan damlayan kesik başı vardı.

"Sen misin, Thoma Kunj?" dedi zayıf bir ses. Thoma Kunj sesi hemen tanıdı.

"Razak," diye fısıldadı Thoma Kunj.

"Onu ve sevgilisini Akeem'in mızrağı gibi bir mızrakla deldim. Mızrak kalplerinden geçti; dört aylık hamileydi," Razak'ın sesi zayıftı.

"Ama..." Thoma Kunj cümlesini tamamlayamadı.

"Akeem beni ele geçirdi. Öldürmenin cinsel bir tatmini vardı, hadım edilmiş bir adamın sevinci. Darağacı olmayan başka bir hapishanedeydim. Dün gece buraya ulaştım."

"Razak, özür dilerim," diye fısıldadı Thoma Kunj.

"Bu benim hayatımın başarısı; Padachon'a onsuz da var olabileceğimi gösterebilirim. Yetmiş iki saate ihtiyacım yok," diye mırıldandı Razak.

Thoma Kunj aniden bölge yargıcının sesini duydu; mahkeme kararını okuyordu. Önce Razak'ın, sonra Thoma Kunj'un sesi duyuldu.

Birisi Thoma Kunj'un kulağına fısıldadı: "Kusura bakma kardeşim, ben görevimi yapıyorum."

Thoma Kunj boynundaki ilmiği hissedebiliyordu ve cellat birkaç saniye içinde ilmiği sıkılaştırdı. Düğüm boğazına dayanmıştı, böylece Thoma Kunj omuriliği kırılarak acı çekmeden anında ölebilecekti. O bir domuz yavrusuydu; cellat binlerce domuzun kafasını mezbahaya sokarken kardeş domuzların çığlıklarını duydu ve sanki Deva Moily'nin kahve tarlalarının üzerinde kara muson bulutlarının karşılaşması gibiydi. Asker, çift namlulu silahıyla yerde yatan George Mooken'ın önünde durmuş, kızının kocasının kafasını paramparça etmeye hazırlanıyordu. Çığlıklar, elinde

Mısırlı cariyenin kanıyla ıslanmış bir kılıç tutan Muhammed Akeem'in korkunç haykırışına benziyordu:

"Allah'ım, Mülhid'in başını keseceğim."

Sonra bir görüntü geldi. Kadı, Thoma Kunj'un önünde belirdi. Altmış yaşlarında, gümüş rengi saçları vardı. Thoma Kunj'a yakın durdu ve mırıldandı:

"Sen benim oğlumsun, tek oğlum. Senden memnunum." Sesi bir trenin düdüğü gibiydi.

Thoma Kunj kalbini açarak, "Hayır, sen benim babam olamazsın," dedi.

"Oğlum, seni çok sevdim. Öbür dünyada sonsuz yaşama sahip olman için seni bu dünyada sınıyordum," diye Thoma Kunj'u kandırmaya çalıştı yargıç, yaptıklarını mantıklı göstermeye çalışarak.

"Sen kötüsün; anneme işkence ettin. Senin için sadece kendi hayatın değerli, her şeyi kendi zevkin için yapıyorsun ve senin kararların her zaman nihaidir," diye bağırdı Thoma Kunj. Yargıcın karşısına çıkacak cesareti nereden bulduğunu merak ediyordu.

Yargıç, "Lütfen beni baban olarak kabul et," diye yalvardı.

"Kurien benim babam, Emily benim annem. Defol git, cehennemde kaybol," diye bağırdı Thoma Kunj. Sesi Umman Denizi üzerindeki bir kasırga gibi her yerde yankılandı.

Tüm dünya sanki gök gürültüsü ve binlerce şimşek varmış gibi titredi. Thoma Kunj, Ayyankunnu kilisesinin önündeki granit haçın düşüşünü hissedebiliyordu. Üç eşit parçaya ayrıldı.

Ambika onunla konuşuyordu; Brahmagiri'nin üzerindeki sabah sisi gibi güzel görünüyordu. Kodagu'da, kahve plantasyonlarının arasında bir yerdeydiler ve Ambika, Thoma Kunj ile birlikte onun tik ağacından yaptığı bir kanepede oturuyordu. Filtre kahvenin hoş kokusu balkona sinmişti. Bu kokuyu seviyor ve karısının varlığından keyif alıyordu; karısı ona bakıyor ve gülümsüyordu. Çocukları avluda oynuyordu, üçü de kızdı.

Cennette bir darbe olmuştu. Sayıca çok üstün olan houriler, cenneti Allah'tan ve sadık erkek müminlerden kurtarmış, onları cinsel zevk için kadınlardan yoksun cehenneme itmişlerdi. Cennetin çıkış kapısında Muhammed Akeem'in kesik başını taşıyan Mısırlı bir kadın vardı.

Thoma Kunj beklenmedik bir şekilde Razak'ın son çığlığını duydu. Arap çölündeki şiddetli bir kum fırtınası gibiydi: "Amira."

www.ingramcontent.com/pod-product-compliance
Lightning Source LLC
LaVergne TN
LVHW041706070526
838199LV00045B/1232